—— 숲에서 만나는 마음 치유 ——

우리는 모두 꽃, 그저 다른 꽃

숲에서 만나는 마음 치유

우리는 모두 꽃 ,　Self Forest Therapy　그저 다른 꽃

글과 사진 최정순

황소걸음
Slow & Steady

오랜 시간 넘치도록

숲에서 얻고 누린 행복을 나눠드리고자

용기를 냅니다.

죄 만들지 않는 숲 생명이
내게 보낸 울림과 씻김

숲에 들면 외로움과 쓸쓸함은 사라지고 마음이 말랑말랑 따뜻해졌습니다. 숲에서는 사람이나 미물이나, 예쁜 것이나 징그러운 것이나, 큰 것이나 작은 것이나, 움직이는 것이나 멈춰 있는 것이나, 산 것이나 죽은 것이나 모두 사랑스럽고 가여웠습니다. 숲 생명들이 살아가는 모습, 고난과 아픔, 기특함과 대견함을 들여다본 뒤에는 무언가를 깊이 사랑한 것 같고, 그들에게 내 상처를 치유 받은 느낌이 들었습니다. 그들을 사랑하고 닮고 싶었습니다. 무엇보다 숲 앞에 서면 절로 가슴이 뛰었습니다.

왜 그런지 궁금하고 알고 싶었습니다. 20년 전 생계가 달린 직장을 대책 없이 그만두고 숲으로 갈 수 있던 것은 전적으로 "오늘 몸 건강하고, 내일 먹을 게 있으면 부자"라는 법정 스님의 말씀 덕입니다.

나를 가슴 뛰게 하는 숲에서 궁금한 것을 차근차근 배우고 풀면서 20년을 그렇게 차곡차곡 행복했습니다. 나를 행복하게 해주는 것이 숲에 많아서인지, 사람들 속에서 행복을 찾는 재주가 내게 부족해서인지, 나는 숲에서 치유 받고 내 삶의 길과 답을 찾은 듯합니다. 그리고 숲 공부를 이어가다가 만난 인도의 생명 철학이자 전승 의학인 아유르베다가 나를 단단하게 잡아줬습니다. 외로움과 아픈 상처를 깨끗이 씻어내고 숲에서 넘치도록 누려온 이 행복은 죄 만들지 않는 수많은 숲 생명이 내게 보낸 울림이고, 그 울림이 가져온 씻김이라고 감히 말하고 싶습니다.

우리가 사는 세상

인간은 오랜 세월 야생의 숲과 초원에서 살아온 뇌와 자연환경에 맞춰 진화한 생리 기능으로 살아갑니다. 하지만 우리를 둘러싼 환경은 자연이 아닌 것이 많습니다. 산업화에 따른 환경오염과 자연에서 멀어진 생활양식, 치열한 경쟁을 벌이는 현실은 몸과 마음에 많은 스트레스를 주어 우리를 아프게 합니다.

숲 앞에 서면 가슴이 뛰던 까닭은 내가 너무 오랫동안 숲에서 멀어졌기 때문입니다. 혼란의 틈바구니에서 치유의 품과 영혼의 쉼터를 그리워한 겁니다. 숲으로 들어간 순간 혼란의 틈바구니에서 벗어난 듯 큰 숨을 쉬고, 고향을 찾은 듯 엄마를 찾은 듯 마음이 편안해진 것을 보면 내 몸은 숲을 기억하고 있던 겁니다.

인간은 몸과 마음과 영혼으로 이뤄졌다고 합니다. 아유르베다는 여기에 감각을 보탭니다. 특히 마음과 감각의 관계를 중시합니다. 마음을 중시하는 것은 마음이 인간의 몸과 영혼을 연결해 준다고 여기기 때문이며, 감각을 중시하는 것은 감각이 세상의 물질과 인간의 마음을 이어주는 다리라고 여기기 때문입니다.

인간은 세상을 구성하는 물질을 청각, 촉각, 시각, 미각, 후각 등 다섯 감각으로 받아들입니다. 마음은 이 감각을 선택하기도 하고, 우리 몸으로 들어온 감각의 경험을 지우기도 하고, 재해석하기도 합니다. 감각의 경험이 부정적이거나 아프고 쓸쓸한 기억으로 저장될 때 몸과 마음의 질병으로 나타나고, 아름답고 잔잔한 기억으로 저장될 때 마음과 영혼이 치유됩니다.

마음으로 들어온 감각적 경험은 흔적이나 상처만 남기지 않습니다. 마음의 힘으로 잘 소화한 감각적 경험은 아름다운 기억으로 남아, 삶에서 평화롭고 명료하게 치유로 작용합니다. 이런 원리를 이해하면 왜 숲의 경험이 치유에 필요한지, 몸과 마음의 질병을 어떻게 해야 치유하고 예방할지 방법을 찾을 수 있습니다.

스스로 하는 숲 치유

내 삶과 20년 숲 공부에서 얻은 깨달음을 풀고자 했습니다. 내가 만난 숲의 풍경과 생명현상을 떠올리면서 그때의 느낌이나 감동을 적어 내려갔습니다. 단순한 스토리텔링이 아니라 이론적 근거를 가지고 우리의 감성과 영성을 어떻게 채울지 돌아봤습니다.

숲에 들면 가장 먼저 오감이 움직입니다. 숲의 여러 모습에 몰두하고 교감하게 됩니다. 다음에는 이를 통해 자신을 성찰하면서 삶의 질을 개선하게 됩니다. 누구나 이런 과정을 거칩니다. '스스로 그러하다'라는 자연自然의 이치가 그대로 이뤄집니다. 숲이 자연이고 나 또한 자연이기 때문입니다.

숲을 거니는 상상을 하면서 책을 읽으면 좋겠습니다. 마음마다 다르니 자기 마음에 비추면서 제 마음 이상으로 읽을 수 있기를 바랍니다. 숲의 적당한 지점에서 스스로 치유하는 방법을 편하게 적기도 했습니다. 책을 덮고 나서 한 차례 깊은 숲에 다녀온 듯하면 좋겠습니다. 무엇보다 혼자 가는 숲에서도 치유의 길을 찾을 수 있다면 더 바랄 게 없습니다.

머리말 죄 만들지 않는 숲 생명이 내게 보낸 울림과 씻김

숲, 그 치유 속으로

쭉정이가 쭉정이에게 주는 위로

부록 : 아유르베다의 지각 이론과 숲 치유 원리

숲, 그 치유 속으로

몸과 마음은 둘이 아닙니다. 몸이 편하지 않으면 우울하고,
마음이 아프면 면역력이 떨어져 병에 취약해집니다.
숲을 구성하는 물질이 감각을 통해 마음을 움직이고
영혼의 치유에 이르게 한다는 점에서,
숲은 감각을 다스리고 마음의 소화력을 키우는
대체 불가한 장소입니다.

숲 바라보기

하나

🌳

      멀리서 숲을 바라보면 그 모습이 참 가지런합니다. 마치 숙련된 이발사가 잘 깎은 사내아이 머리 같습니다. 잎이 모두 떨어진 무채색 겨울 숲은 더 그렇지요.

  하늘이 없애는 나무가 있다고 합니다. 너무 큰 나무, 묵은 나무, 나이답지 않게 일찍 썩은 나무. 이 세 가지가 하늘이 없애고자 하는 나무랍니다. 하늘이 이런 나무에 혼쭐 벼락을 치시니, 멀리서 바라보는 숲이 고만고만하고 가지런할 수밖에요.

  사람 사는 세상도 이와 다르지 않을 겁니다. 중뿔나게 혼자 큰 사람, 한자리를 오래 차고앉은 사람, 나이답지 않게 일찍 속이 썩어버린 사람을 주변 사람들이 좋아할 리 없습니다. 하늘과 같이 무섭게 벼락을 내리치진 않겠지만, 결국 그런 이는 사람들에게서 자연스레 멀어질 겁니다. 민심이 천심이라는 말이 바로 이런

고만고만하고 가지런한 나무

나무 사이로 난 하늘 길

경우를 뜻하겠지요.

　나무의 거리를 그리움의 거리라고 하던가요? 적당한 거리가 햇빛을 받고 영양분을 흡수하는 데 적당하기에, 수목생리학적으로 만들어진 거리가 나무의 거리입니다. 가로수 풍경에서 흔히 볼 수 있듯, 수종이 같은 큰 나무가 모인 곳에서 고개를 들면 하늘 길이 보입니다. 하늘 길만 있는 게 아니라 사이사이 바람길도 있습니다. 나무는 옆으로도 서로 닿지 않지요. 나무는 서로 상처 주지 않고 보호받을 수 있는, 바라볼 수 있는 거리가 서로를 지키고 사랑을 자라게 한다는 걸 보여줍니다.

　나무는 같은 종류뿐만 아니라 서로 다른 나무에서도 고만고만하고 가지런한 모습을 만듭니다. 이 또한 원리는 같습니다. 나무가 이런 형태를 만든 데는 생리적인 원인이 있습니다. 보이지 않는 땅속에서 손잡고 있기 때문입니다. 어두운 땅속에서 손잡고 있다니… 그 감동이 잎새마다 있는 천사만큼 큽니다. 뿌리의 근균 그물망으로 손잡고, 친구가 나보다 적게 가진 것을 서로 채워준답니다. 근균을 통해 멀리 있는 친구에게 보내기 때문에 모두 키를 맞출 수 있습니다. 키를 맞춰야 내가 벼락을 맞지 않을 테니 따지고 보면 나를 위한 일이고, 결국 우리 모두를 위한 일입니다. 나무는 남아서 주는 게 아니라 애초에 똑같이 나누는 게 모두 잘 사는 길임을 보여줍니다.

또 있습니다. 뿌리가 보이지 않는 땅속에서 손잡고 먹을 것을 나누며 연대하니 거센 바람이 불어와도 뽑힐 걱정이 없습니다. 나무는 우리가 서로 돕는 것이 모두 잘 사는 길이고, 그것이 결국 내가 잘 사는 길임을 보여줍니다.

근균의 이런 공공복지 형태가 공생생물학의 발전으로 더 이어지지 못한 까닭이 인간 사회의 경제구조와 달라서라니, 참 아이러니한 일입니다. 사람들이 나무의 나눔을 배우려 하지 않는 것은 욕심이 많아서일까요, 머리가 나빠서일까요?

마음 치유 알음알이

멀리 보이는 숲은 하늘과 닿아 있습니다. 하루에 한 번이라도 고개를 들어 청산과 창공을 바라보면 좋겠습니다. 그들이 마음을 씻어줍니다.

천천히 걷고 바라보기만 해도

둘

잎새 하나마다 천사가 있어 자라라 잘 자라라 속삭입니다.

작가를 알 수 없는 인도의 오래된 시 전문입니다. 나무에 붙은 10만 장이 넘는 이파리 하나마다 천사가 있다니… 이 시로 내 숲이, 내 나무들이 얼마나 더 행복하게 보이던지요. 바라보는 나무에 시가 보태지니 살랑살랑 흔들리는 나뭇잎이 마치 천사의 속삭임 같았습니다. 그때부터 나무를 바라보며 손을 흔드는 버릇이 생겼습니다. 나에게 손짓하는 수많은 천사에게 손을 흔드는 셈이니까요.

시는 거기에서 그치지 않았습니다. 혹시 내 몸 또한 세포마다 세포를 보살피는 수호천사가 있는 것은 아닐까, 하는 의문이 생겼습니다. 내 생각이 맞았습니다. 정신신경면역학의 설명에 따

살랑살랑 흔들리는 나뭇잎이

천사의 속삭임 같습니다.

르면, 마음이란 게 호르몬에 따라 이랬다저랬다 바뀌니 어쩌면 호르몬이 마음일 거라고 합니다. 천사가 호르몬의 얼굴을 하고 세포마다 돌아다니니 내 세포 하나마다 천사가 있는 거라는 말도 맞습니다. 내 세포와 나무 이파리가 같고 나무와 내가 다르지 않으니 '세계와 나는 같다(범아일여梵我一如)'는 사실을 숲에서 확인한 듯하고, 그 시로 나무를 바라보는 내 행복이 더 커졌습니다. 나무와 내가 같다고 생각하니, 나무와 세상을 바라보는 내 마음이 마치 나를 바라보는 마음처럼 느껴졌습니다. 나무가 바라보는 내가 보이는 것도 같았습니다.

우리의 생각이나 감정은 미세 파동으로 움직이면서 가벼운 입자 형태로 공기 중에 부유한다고 합니다. 플라톤이 에이도스eidos라고 명명한 이것은 사랑과 자비, 친절과 진실, 아름다움과 조화 같은 고귀한 에이도스일 때 우리 아이들에게 건강한 공기 장field이 돼서 좋은 영향을 주고, 악이나 시기심, 거만함 같은 상처 받은 에이도스일 때 우리의 공기 장이 오염된다고 합니다.

현대 물리학자는 이를 "존재가 있으면 그 주변은 장으로 충만해지고, 존재가 진동하면 주변에는 장의 파동이 만들어진다. 존재의 떨림은 이렇게 우주 구석구석까지 빛의 속도로 전달되면서 우리는 우주와 연결된다. 우리는 울림과 떨림의 속삭임을 주고받으면서 이 우주에 존재한다"고 멋지게 설명합니다.

세상은 떨림이고, 나는 세상에 존재하는 수많은 떨림에 울림으로 답하는 존재로서 존재합니다. 그 시로 시작된 내 가슴의 울림이 세상의 떨림이 됩니다. 나의 떨림이 너에게 울림이 되고, 그 울림이 또 다른 떨림이 되어 새로운 울림으로 나아갑니다. 너와 나 우리는 모두 울림이고 떨림입니다.

그러니 내가 쉬는 숨 하나마다 내 안의 천사에게 행복해라, 행복해라 속삭이는 것이 우리가 할 일입니다. 죄 만들지 않는 숲 생명들의 선한 에이도스와 그 생명들이 만든 다섯 감각 물질의 커다란 덩어리인 숲을 바라보고 호흡하는 것, 그 울림과 떨림이 그래서 더 좋습니다.

죄 만들지 않는 숲 생명의 울림이 숲을 찾은 이에게 다가와 위로가 되고 떨림이 되고, 그 떨림이 다시 세상 멀리멀리 울림이 되어 나가면 좋겠습니다. 내가 그랬듯 우리 모두 숲에서 자신의 상처를 스스로 치유할 힘을 찾으면 좋겠습니다.

마음 치유 알음알이

숲에 들면 바로 어디론가 가야 하고, 더 높은 곳으로 올라가야 할 것 같은가 봅니다. 나무의 삶이나 아픔, 우리의 아픔을 이야기하는 중에도 언제 가느냐고 묻는 사람이 많습니다. 마음 치유의 기본은 바라보고 느끼는 것이고, 바라보고 느끼기 위해서 '천천히'가 필요합니다. 천천히 숨 쉬고, 천천히 걷고, 천천히 내 숨과 발길을 바라보고 느끼는 것만으로도 치유가 됩니다.

숲에서 쉬는 큰 숨

셋

우리는 매 순간 숨을 들이쉬었다 내쉬기를 반복하며 삽니다. 숨을 들이쉬지 못하는 상태를 죽음이라고 하니, 도대체 내 허파로 들고 나는 숨이 무엇이기에 삶과 죽음을 가르는지 정말 신기하다는 생각이 듭니다.

우주에 헤아릴 수도 없이 많은 별이 어떻게 무너지지 않고 자기 자리를 지키며 돌아가는지 궁금한 적이 있었습니다. 그러다가 우주의 숨이라고도 할 수 있는, 공空으로 가득 찬 강력한 에너지 흐름 때문이라는 것을 알게 됐습니다. 드넓은 우주가 공으로 가득 찼기 때문에 무너지지 않는다는 사실을 들숨으로 팽팽한 허파의 모습과 비교하고 상상하며, '내 허파가 우주와 같구나' 이해했습니다.

인도에서 수는 1이 아니라 0에서 시작합니다. 0은 인도에서 발견한 숫자입니다. '0의 발견'이라니! 둥근 형체나 물체를 공이라고 부르고, 산수에서 zero를 영이나 공이라는 말로 섞어 쓰고, 불교에서 깨달음을 공이라고 하는 것 등을 생각해보면 습관적으로 쓰는 공의 의미가 머리를 한 대 맞은 듯 새롭게 다가옵니다. 무소유란 아무것도 갖지 않는 게 아니라 불필요한 것을 갖지 않는 것, 필요한 것만 가진 거라는 법정 스님의 말씀도 쉽게 이해됩니다.

나무와 꽃이 만들어준 살아 있는 공기가 내 허파로 들어옵니다. 내가 살 수 있는 것은 그들의 숨 덕분입니다. 그들이 살 수 있는 것 또한 내 숨 덕분입니다. 나는 그들과, 그들은 나와 숨을 나누고 사니 우리는 서로 없으면 안 되는 존재입니다. '우리는 하나'입니다.

우주의 공 그리고 숲의 생명과 함께하는 삶을 그려보면 공이라는 그 힘이 바로 사랑이고, 보살핌이고, 그 힘이 세상을 무너지지 않게 단단히 붙잡고 있다는 생각이 듭니다. 그래서 내 숨을 채우는 공이 따뜻한 마음의 물질이라고 이해하게 됩니다. 이런 생각을 하며 숨 쉴 때 우리가 사는 순간순간이 따뜻할 것입니다.

우리 몸은 이런 사실을 잊지 않고 있습니다. 사람들은 대개 숲에 들면 마치 그동안 숨을 쉬지 않고 살아온 사람처럼 "아, 좋다" 하며 깊고 큰 숨을 쉽니다. 누가 시키지 않아도 그렇게 합니다. 그 모습을 보면 우리가 얼마나 숲의 공기를 그리워했는지, 우리가 얼마나 숲에서 멀리 떠나 있었는지 몸은 아는 것 같습니다. 이제 몸이 제대로 행복하도록 우리 숨통에 맑고 깨끗한 생명의 물질을 가득 채워봐야겠습니다. 우리 몸이 공이 가져다주는 진정한 행복을 느낄 수 있도록 해야겠습니다.

눈을 감고 천천히 숨 쉬는 것만으로 치유하고 행복을 얻을 수 있습니다. 왜 아니겠습니까? 눈을 감으면 몸의 세상이 어두워지면서 마음의 세상이 환해집니다. 눈을 뜨면 당신과 당신의 세상이 보이지만, 눈을 감으면 나와 나의 세상이 보일 테니 말입니다. 그제야 비로소 내 영혼을 만날 수 있을 테니 말입니다. 우리는 그제야 외로운 내 영혼을 다독이고 안아줄 수 있습니다.

눈을 감고 천천히 숨 쉬는 것만으로도 치유하는 사실은 과학적으로도 설명 가능합니다. 눈을 감으면 부교감신경이 활성화되면서 숨이 깊고 느려집니다. 숨이 깊고 느려지면 심장이 느리게 뛰면서 마음이 편안해집니다. 빠른 숨은 마음을 불안하게 하고, 느린 숨은 마음을 편안하게 합니다. 인도에서 숨이 들고 나는 목을 몸이 마음으로 바뀌는 지점이라고 말하는 것과도 통합니다. 느리게 숨 쉬다 보면 숲이 저절로 느껴집니다. 눈을 뜨고도 보지 못하고 알지 못하던 숲이 마음으로 들어오고, 그 속에서 내 몸과 마음이 편안해집니다. 이런 경험을 한 사람은 치유가 필요하다고 생각될 때 숲에 들어 눈을 감을 겁니다.

성철 스님이 "고요하면 맑아지고, 맑아지면 밝아지고, 밝아지면 보인다"고 하신 말씀은 호흡을 통한 치유와 닿아 있습니다. 화가 많이 났을 때나 불안할 때, 눈을 감고 천천히 숨 쉬면 마음이 한결 가라앉는 것도 이와 같습니다. '가만히 눈을 감기만 해도, 숨을 천천히 들이마시기만 해도 기도하는 것'이라는 이문재 님의 시가 맞습니다.

숲 호흡 명상을 어렵다고 생각할 수 있겠지만, 나는 눈을 감고 천천히 숨 쉬는데 기도하는 마음을 보태는 게 숲 명상이라고 생각합니다. 명상 중에 내 숨으로 들어오는 숲 내음, 귀를 거쳐 마음으로 들어오는 숲의 소리, 명상 끝에 마주하는 맑고 푸른 하늘만으로도 충분히 정화와 치유가 일어나기 때문입니다.

호흡 명상은 감정 조절이 잘 안 되고 몸과 마음이 피곤할 때, 휴식이 필요할 때 좋습니다. 이를 통해 심리적인 안정, 집중에 따른 자아 성찰, 이완과 스트레칭 효과를 얻을 수 있습니다. 입시 불안 증세를 보이는 청소년, 직장 상사와 불화를 겪는 직장인, 시어머니와 갈등으로 힘들어하는 며느리가 꾸준한 호흡 명상을 통해 스스로 문제를 찾고 갈등을 해결한 사례가 있습니다. 내가 한마디 하지도 않았는데 단지 자신의 숨으로 말입니다.

호흡 명상은 방법은 간단하지만, 효과는 놀랍도록 큽니다. 꼭 해보시기 바랍니다. 먼저 조용히 눈을 감고, 호흡과 함께 오르락 내리락 움직이는 배에 집중합니다. 잡념이 올라와도 그대로 두고 오직 호흡과 함께 움직이는 배를 느낍니다. 호흡은 자연스럽게 깊어지고 느려지며, 깊어지고 느려진 호흡만큼 내면의 공간이 커지고 마음이 편안해집니다.

호흡을 잘 정리한 노래도 있습니다. '차 한 잔 마셔요'와 '들숨날숨'이라는 명상 노래입니다. 인터넷으로 검색해서 따라 부르면 좋겠습니다. 음미하면서 부르면 언제 심호흡이 필요한지, 어떤 효과가 있는지 새삼 알 수 있습니다. 저는 이 노래가 얼마나 좋은지 노래에 맞춰 호흡 춤을 추기도 합니다.

마음 치유 알음알이

숨쉬기는 수련 과정에서 길을 잃었을 때 이를 자각하고 나를 새롭게 바라보도록 안내해주는 첫째 도구입니다. 그 시작이 천천히 숨쉬기입니다.

◆ 호흡 자세 : ① 어깨에 힘을 빼고 편안히 앉거나 선다. ② 눈을 감고, 턱은 목 쪽으로 살짝 당기고, 어깨와 허리를 곧게 펴고, 두 손은 배에 올린다. ③ 배의 움직임을 통해 공기가 들고 나는 것을 느끼며 천천히 숨을 쉰다. ④ 평소보다 2배 느리게 들숨을 쉬고, 들숨보다 2배 느리게 날숨을 쉰다.
◆ 이때 나무에 기대 나무 에너지의 도움을 받아도 좋다.

앉아서 하는 심호흡

서서 하는 심호흡

외롭고 막막할 때

넷

　　　　　세상에 혼자인 듯 외로울 때가 있습니다. 막막하고 앞이 보이지 않아 그대로 주저앉고 싶을 때가 있습니다. 그럴 때 하늘을 향해 "아~" 하고 소리 지릅니다. 가슴과 허리를 펴고 다리에 힘을 주고 숨을 크게 쉬면서 두 팔을 하늘로 쭉 뻗듯이 올렸다 내렸다 하면 기분이 한결 나아집니다. 그때부터 목소리는 커지고 팔다리에 힘이 들어찹니다. 씩씩해집니다. 자신감이 생깁니다. 나한테 까부는 사람도, 세상도 만만해집니다. 용서할 필요도 없습니다. 다 잊히니 말입니다.

　이렇게 자신감을 주는 자세가 바로 원더우먼 자세입니다. 가슴은 펴고 턱을 바짝 당겨 목에 붙인 채, 눈은 저 멀리 산을 바라보듯 하고, 아랫배에 힘을 팍 줍니다. 다리는 어깨너비로 벌리고, 두 손을 옆구리에 올린 자세입니다. 이 자세를 취하면 긍정적인 마음이 생기고 문제 해결력과 자신감이 향상되는데, 이것을 원더우먼 효과라고 합니다. 원더우먼 효과가 나타나면 다 된 겁니다. 몸에 힘이 차면서 '됐어!' '걱정 없어!' '좋아!' 같은 말이 나오고, '고기를 잡으러 강으로 갈까나' 노래도 나오고, 노래에 맞춰 발을 쾅쾅 구르고, 걱정을 걷어찰 수 있습니다.

흔들리는 건 몸일 뿐입니다. 내 영혼은 끄떡없이 그 자리에 있습니다. 흔들리던 몸에 힘이 들어차면, 고개 숙인 영혼이 활짝 웃음 지으며 그 모습을 드러냅니다. '나 여기 있었어. 나는 괜찮아.' 내가 막막하던 건 소리를 지르지 않아서인 것 같습니다. 가슴을 펴지 않아서, 하늘을 바라보지 않아서, 큰 소리로 노래하지 않아서, 두 다리를 신나게 움직이지 않아서인 것 같습니다. 걱정 없이 행복해지는 것은 그리 어려운 일이 아니라는 걸 몰랐기 때문입니다. 알다가도 자꾸 잊고 맙니다. 몸이 무너지면 마음이 무너집니다. 마음이 무너지면 몸도 따라 무너집니다. 몸과 마음이 둘이 아니니 그렇습니다.

외롭고 막막할 때 팔다리에 힘을 주고 가슴까지 부풀리면 됩니다. 그렇게 몸을 세우고 저 깊은 곳에서 고개 숙이고 있는 풀 죽은 영혼을 들어 올려야겠습니다.

마음 치유 알음알이

언제 어디에서나 가슴은 펴고 턱을 바짝 당겨 목에
붙인 채, 눈은 저 멀리 산을 바라보듯 하고, 아랫배
에 힘을 팍 줍니다. 다리는 어깨너비로 벌리고, 두
손을 옆구리에 올린 원더우먼 자세를 취해보세요.
자세만 바로 해도 기분이 한결 나아지고 자신감이
생깁니다.

원더우먼 자세

아름다움은 고난의 다른 이름

다섯

        관악산 자락에 내가 좋아하는 나무 한 그루가 있습니다. 족히 쉰 살은 넘지 않을까 싶은 소나무입니다. 사실 그런 나무는 눈여겨보면 어디에나 있습니다. 사람들은 대개 그 나무 앞을 지나다가 "자알 생겼다!" 칭찬하고 사진을 찍거나 그늘에 앉아 쉽니다.

    구부러지고 비틀어진 모습에서 그 나무가 살아낸 시간이 얼마나 고단했는지 헤아려봅니다. 나무는 보이는 것보다 보이지 않는 뿌리의 삶이 훨씬 치열하다고 합니다. 키 크고 위세 당당한 나무들 옆에서, 그것도 물가 자리에서 이만한 모습으로 버텨내느라 뿌리는 어떤 모습을 하고 있을지 상상해봅니다.

    물가에 뿌리를 내리기가 쉽지 않았을 겁니다. 옆으로 상수리나무가 무섭게 치고 올라오니 그 위세를 감당하기도 어려웠을

구부러진 소나무에게 박수를 보냅니다.

"소나무야, 멋있어!"

겁니다. 햇빛을 찾아 가지를 틀고 또 틀면서 오늘에 이르렀을 나무의 고단한 시간이 지금의 모습에 있습니다. 나는 "수고했다, 잘생겼다"고 칭찬합니다. 나무가 듣고 기분 좋으라고 크게 말합니다. "소나무야, 잘했어!" 박수가 절로 나옵니다.

숲에 가면 나무를 안고 나무의 시간을 생각합니다. 흔들리기도 했을 겁니다. 뿌리가 뽑힐 듯 거센 바람 속에서 어두운 밤을 보내기도 했을 겁니다. 아프게 가지가 부러지기도 했을 겁니다. 뜨거운 날도, 추운 날도, 목마른 날도, 외로운 날도 홀로 버텨야 했을 겁니다. 이제 큰 나무로 우뚝 섰습니다. 모든 나무가 그렇습니다. 나무의 눈물겨운 시간에 다시 박수를 보냅니다. 눈물겨운 시간일랑 언제 그랬냐는 듯 모두 잊고 이렇듯 다른 생명을 품어내기도 하니, 마음 깊은 곳에서 나오는 박수입니다. "힘들었지? 수고했어. 잘했어, 멋있어!"

이 박수는 나에게 보내는 것이기도 합니다. 나도 삶을 송두리째 날려버릴 만큼 거센 바람에 흔들렸습니다. 홀로 이겨내야 하는 외로운 날이 이어지기도 했고, 어둡고 무서운 밤도 많았습니다. 지금 여기 나무 앞에 서 있는 내가 그 힘겨운 날들을 이겨낸 증거입니다.

나무와 나에게, 구부러진 모습에 담긴 고단함과 버티고 이겨낸 시간에 박수를 보냅니다. 아름다움이 치열함의 다른 이름이고, 아픔의 다른 이름이라는 것을 구부러진 소나무를 통해 배웁니다. 구부러진 소나무는 내 눈물겨운 시간의 다음 숙제는 다른 이의 마음을 품는 일임을 알게 합니다. 눈을 감고 다독이듯 나무를 안고 나무와 나의 시간을 위로합니다.

우리 집 앞에도 삐뚜름한 소나무가 한 그루 있습니다. 길에 면한 비탈에 있다 보니 더 삐뚜름해 보입니다. 이 나무에 가끔 까치가 쉬었다 갑니다. 한 마리가 오면 다른 한 마리가 따라와서 앉았다 가곤 합니다. 겨울에 쉬기 딱 좋은 자리라서 그런 모양입니다.

소나무는 햇빛을 많이 받아야 잘 자랍니다. 그러다 보니 그늘에서는 싹을 잘 틔우지 못하고, 틔워도 잘 자라지 못합니다. 다른 나무가 들어와 자리 잡고 그늘을 만들면 어렵게 살거나 죽고 맙니다. 소나무가 잣나무와 달리 구불구불 자라는 것도, 솔방울을 유난히 많이 매단 채 등산로 가까이 자라는 것도 가지를 햇빛 쪽으로 뻗기 때문입니다. 남산 위에 저 소나무가 바위 사이에서 꿋꿋이 눈과 비바람을 맞는 것 또한 소나무의 기상이 대단해서라기보다 다른 나무의 간섭을 받지 않고 볕이 좋은 곳이기 때문입니다. 그나마 쫓겨 갈 곳이 있어 다행이지, 나무가 많은 숲 안쪽에 자리한 소나무는 시름시름 살다가 오래 버티지 못하고 죽습니다.

우리 집 앞 소나무가 비탈에 삐뚜름하게 서서 가지를 길 쪽으로 뻗은 것도 그런 까닭입니다. 까치가 이 소나무에 와 쉬었다 가는 것도 소나무가 따뜻한 곳으로 가지를 뻗고 있기 때문입니다. 앞이 뚫렸으니 볕이 잘 들어 따뜻할 테고, 길옆이니 멀리까지 보여 무슨 일이 일어날지 알아챌 수 있는 이곳이 마음 놓고 쉬기에 딱 좋은 겁니다.

이 소나무는 비탈에서 버티려니 뿌리를 더 깊이, 모양에 맞춰 나무를 잘 서게 하려니 반대쪽을 향해 뿌리도 삐뚜름하게 뻗어야 했을 겁니다. 비탈에서도 잘 버틸 수 있는 것은 그 때문입니다. 하늘은 그늘에 약한 소나무가 볕이 좋은 비탈에 잘 설 수 있도록 깊이 더 깊이 뻗을 힘을 줬습니다.

그런데 자세히 보면 비탈에 선 소나무가 바람에 더 많이 흔들립니다. 비탈이라 바람을 많이 타기도 하겠지만, 바람에 흔들리면서 뿌리를 단단하게 키우는 것입니다. 세상의 바람을 자기 뿌리를 키우는 힘으로 만드는 셈이지요.

소나무가 비탈에 자리 잡고 뿌리를 내리는 일은 나무의 뜻과 하늘의 뜻이 만나는 일입니다. 볕을 얻기 위해 남모르는 어려움을 감수하는 나무의 뜻과 그 수고가 헛되지 않도록 나무 안에 잠재된 능력을 심어주는 하늘의 뜻이 나무를 비탈에 서게 한 힘입니다. 부족함이 다른 것으로 채워지니 하늘이 공평하다는 것을 알겠습니다.

내 부족함을 채울 능력이 내 안에 숨어 있지 않은지, 하늘이 주신 내 안의 능력을 잘 쓰고 있는지, 비탈에 선 나무를 보며 나를 들여다봅니다. 못난 나무가 산을 지킨다더니, 비탈에 선 나무가 까치를 쉬게 하고 그늘과 풍경을 만들고 나를 깨우칩니다.

마음 치유 알음알이

지난날 아프게 한 바람이 나를 소나무처럼 깊이 뿌리 내리고 단단히 서게 했다는 것을 깨닫습니다. 젊은이들이 바람 앞에 당당하면 좋겠습니다. 가끔 그 속으로 들어가 자기 안을 꿈과 빛으로 채우고 놀면 좋겠습니다.

숲의 소리

여섯

사람은 감각의 80퍼센트 이상을 시각에 의존합니다. 시각을 차단하면 촉각, 청각 등이 살아납니다. 특히 청각에 집중하면 몰입과 상상이 일어납니다. 소리를 통한 치유는 마음의 치유와 이어집니다. '태초에 말씀이 있었다'라는 성경 구절에 비춰볼 때 어쩌면 치유 본연의 힘은 소리에 많을지 모른다는 생각이 듭니다.

눈을 감으면 숲의 소리가 온전히 들립니다. 숲에서 들리는 소리에 귀 기울이면 내가 얼마나 많은 생명과 함께 사는지, 그들의 세상에 내가 함께 존재한다는 사실이 얼마나 경이로운 일인지, 내가 사는 세상이 얼마나 아름다운지 알 수 있습니다. 특히 숲의 바람 소리는 세상의 티끌을 날려 보내듯 씻김의 힘을 발휘하기도 합니다. 더불어 숲의 소리가 문명의 소리와 어떻게 다른지, 문명의 소리가 왜 스트레스로 작용하는지, 내가 건강하고 행복하기 위해서 어떻게 해야 하는지 방법까지 깨닫게 합니다.

소리의 반대편에 있는 침묵도 치유에 중요한 요소입니다. 숲에서 침묵하는 것만으로도 자연과 교감하고, 자연의 일부임을 느낀다는 점에서 큰 치유를 얻을 수 있습니다.

이런 마음으로 숲을 찾을 때 자기 치유 효과가 좋아집니다. 나무 아래에서 설법하려던 선사가 마침 시작된 새의 노랫소리에 침묵하다가, 새가 다 지저귀자 "설법은 끝났다"라고 했다는 이야기가 있습니다. 자연의 소리와 그 속에 있는 순리의 말씀이 선사가 하고 싶은 이야기였을 것입니다.

마음 치유 알음알이

소리 체험은 '낯설게 하기'를 통해 숲에서 나는 생명의 소리와 일상에서 나는 소음을 구별할 수 있게 합니다. 소리를 통한 치유는 누구나 스스로 할 수 있습니다.

◆ 소음과 소리를 구별하고 마음으로 소리 듣는 법 : 귓바퀴로 귓구멍을 닫고 두 차례 심호흡한다. → 눈을 뜨고 소리를 듣는다. → 눈을 감고 소리를 듣는다. → 눈을 감은 채 닫은 귀를 열고 소리를 듣는다. → 다시 눈을 뜨고 소리를 듣는다.

◆ 소리를 통해 숲속의 수많은 생명에 대해 성찰하는 법 : 눈을 감고 자연의 소리를 듣는다. → 깊은 숲에서 소리에 집중한 뒤 나를 중심으로 머릿속에 소리 지도를 그린다. → 소리의 주인을 상상한다. → 마음이 충분히 편안해질 때까지 소리를 듣는다.

겨울 숲

일곱

봄을 눈앞에 둔 겨울 숲은 아직 깊은 잠에 빠진 것 같습니다. 그 속에 죽은 듯 보이지만 더 강하고 단단하게 살아 있는 것이 있습니다. 겨울나무입니다. 겨울나무는 깊은 꿈을 꾸는 생명입니다. 하늘을 환하게 밝힐 꽃의 꿈, 탐스럽게 맺을 씨앗의 꿈, 무성한 잎 사이 지저귀는 새와 세상 작고 힘없는 생명을 거둘 꿈을 꾸는 생명입니다.

얼음장 밑으로 시냇물이 내 발걸음을 따라 흐르며 노래합니다. 나를 깨우는 그 노래가 맑고 상쾌합니다. 그깟 얼음 정도에 잡혀 먼바다로 가는 꿈을 접을 순 없다는 듯 단단한 얼음장 밑을 노래하며 흐르는 물을 보며, 나는 소리 내서 노래하는 법을 배웁니다. 이 겨울의 생명들이 내게 꿈꾸라고, 노래하라고 가르칩니다.

겨울나무랑 얼음장 밑을 흐르는 물이 겨울 숲을 대표로 말을 거니 나는 말문이 막힙니다. 말문이 막히는 것이 나는 참 좋습니다. 내게서 내 것이 사라지고, 내가 자연과 하나가 된 듯하니 말입니다. 그들이 나를 자연의 한 식구로 받아주니 말입니다.

　사람은 누구나 자신을 치유할 힘이 있다지만, 지금 나를 치유하는 건 내가 아니라 겨울 숲, 그 속의 생명입니다. 이 추운 겨울, 맨몸으로도 당당하고 태연한 겨울나무, 차고 단단한 얼음장 아래에서도 노래하며 흐르는 물에 비하면 나는 참으로 보잘것없습니다. 그러니 배울 수밖에요.

　어쩌다 이런 세상에 오게 됐는지 이 세상에 온 내가 기특하고, 기특한 나를 사랑하게 됩니다. 나를 사랑하게 됐으니 나와 다르지 않은 너를 사랑할 테고, 그러면 다 된 것입니다.

늦가을까지 꽃을 달고 있던 국화가
겨울이 다 가도록 꼿꼿합니다.
그 모습이 눈 덮인 히말라야 숲의 늘푸른나무 같습니다.
'너희가 더 멋져!' 나는 국화에게 박수를 보냅니다.

마음 치유 알음알이 1

겨울 숲에서 나는 참으로 보잘것없습니다. 숲에 나를 맡기고, 그냥 숲을 듣고 바라보세요. 바라보고 듣는 것만으로도 맑아집니다.

마음 치유 알음알이 2

내가 치는 손뼉도, 누가 쳐주는 손뼉도 우리를 기분 좋게 합니다. 손뼉을 치면 말초 혈관을 자극해 혈액 순환이 좋아집니다.
손뼉 칠 때 우리 머리는 웃을 때와 마찬가지로 좋은 일이 일어난 것으로 알고, 기분 좋을 때 분비하는 면역 물질을 피 속으로 보냅니다. 내 기분에 취해 손뼉을 쳤는데 건강이라는 선물을 덤으로 받습니다. 네 기분도 좋아지고 내 건강도 좋아지니 건강하게 잘 사는 것, 어렵지 않습니다.

마른 잎과 젖은 솔방울

여덟

촛

아직 새잎을 내지 않은 3월의 숲에는 겨우내 마른 잎을 달고 있는 나무가 종종 눈에 띕니다. 특히 단풍나무는 피딱지같이 검붉은 나뭇잎을 붙이고 있다가 비나 눈이 오면 다시 꽃처럼 붉게 피어나는 일을 봄까지 반복합니다. 말라비틀어진 그 모습이 잎이 할 일을 마치고 명을 다한 것 같은데, 그 자리를 떠나지 않는 까닭이 궁금했습니다. 그래서 줄기를 잡고 피딱지 마른 잎을 살짝 당기니 잎자루 안에 겨울눈이 있습니다. 마른 잎이 그 자리를 떠나지 않는 게 어쩌면 겨울눈 때문이 아닐까, 어린 살로 겨울을 나야 하는 덜 자란 새끼를 안고 있는 어미의 마음이 아닐까, 어미는 세상을 떠났으나 아직 어미의 혼이 그 자리를 지키며 새끼를 보듬고 있는 건 아닐까… 그런 생각을 해봅니다.

'마지막 잎새'를 꼭 잡고 있는 것은,

생명이란 그가 나를 떠나도

내가 보내선 안 되기 때문이 아닐까 생각해봅니다.

숲, 그 치유 속으로

내 상자 텃밭의 찔레나무가 마지막까지 떨구지 못한 잎새가 눈에 들어옵니다. 그야말로 '마지막 잎새'입니다. 저렇게 남은 마지막 잎에는 대개 곤충의 알이나 번데기가 있습니다. 잎 하나를 편안한 집으로 삼아 겨울을 나다가 어느 좋은 날을 택해 세상으로 나오려는 벌레의 모습이지요. 누군가 살아 있는 것의 집이라서 집주인이 잎을 보내지 않으니 마지막 잎새로 남은 게 아닐까 싶기도 합니다.

몇 해 전에 엄마가 돌아가셨습니다. 사십구재를 지낸 즈음, 엄마 돌아가신 슬픔을 달래느라 비 온 뒤 숲에 간 적이 있습니다. 그때 숲 바닥에 떨어진 솔방울이 하나같이 인편을 꼭 다물고 있는 모습이 눈에 들어왔습니다. 비 온 뒤에 솔방울이 인편을 닫는 것은 살았을 때의 버릇입니다. 비 내리는 날에 솔 씨를 내보내면 멀리 날아가지 못하겠거니와, 날아간다 해도 물에 휩쓸려 좋은 땅으로 가긴 어렵기에 인편을 꼭 다물고 있는 것이지요.

'지금 내보내면 안 된다'는 살았을 적 버릇을 죽어서도 놓지 않는 모습을 보며, '우리 엄마도 내 곁에서 이렇게 내 걱정을 하시겠구나' 생각이 들었습니다. 왜 아니겠어요. 미물인 솔방울이 그럴진대, 하물며 내 엄마가 살았을 적 자식 걱정을 놓고 있을까요. 나무에서 떨어져 비에 젖은 솔방울이 나에게 찾아와 너무 슬퍼 말라고 위로했습니다. 그 위로가 고마워서, 엄마가 나를 떠나지

비 온 뒤 숲속에서 인편을 꼭 다문 솔방울이

내 슬픔을 위로했습니다.

않고 곁에 있는 듯해서 나는 또 눈물이 났습니다.

이런 내 생각은 맞을 수도, 틀릴 수도, 터무니없을 수도 있습니다. 그러나 나무는 동물이나 사람이 세상에 있기도 전에 나타나 지금까지 존재하는 영리한 생명이니 내가 그런 생각을 하도록 그런 마음을 보낸 거라고, 나는 그렇게 생각하기로 마음먹었습니다. 내가 잘 사는 것도 먼저 세상에 나온 그들의 은덕이 아닐까요?

생명이 다 그런 것 같습니다. 사람이 되려면 아직 많은 시간이 필요한, 아직 여물지 못한 존재인 내가 무탈하게 잘 사는 것은 세상에서 사라진 내 부모님과 많은 이의 정신이 나를 보듬고 내가 여물기를 기다리기 때문일 것입니다. 내 영혼이 여물기를 기다리는 사랑하는 이들의 마음을 마지막 잎새와 솔방울에서 찾은 것은 나무가 나에게 보낸 지혜입니다. 궁금하게 만드는 것은 모두 스승이라는데, 나무가 나를 자꾸 생각하게 만드니 나무가 나의 스승입니다. 이러니 나무를 사랑하고 존경하지 않을 수 없습니다. 나무는 내게 퍼내도 퍼내도 마르지 않는 샘물이고, 쉼 없는 가르침을 주는 스승입니다.

봄 숲에서 새잎을 낼 때가 되면 단풍나무 겨울눈은 '귀찮게 이게 뭐야?' 하면서 마른 잎을 밀어낼 것입니다. 피딱지처럼 마른 잎이 자기를 감싸고 있는 덕분에 잘 자란 줄도 모르고, 자신의 힘으로 자랐다고 생각하겠지요. 그래도 마른 잎은 하나도 섭섭해하지 않을 겁니다. 잘 자라주기만 기도할 겁니다. 그게 세상 순리입니다. 우리 엄마가 그랬고, 내가 자식들에게 그렇듯이 말입니다.

마음 치유 알음알이

비 내리는 숲이 참 좋습니다. 숲을 천천히 걸으며 빗소리도 듣고, 비에 젖어 인편을 꼭 다문 솔방울을 찾아보세요. 솔방울을 보며 어미 마음도 들여다보세요. 마음이 따뜻해집니다.

돌도 나이를 먹으면 생명을 품는데

아홉

숲에서는 보고자 하고 찾고자 하면 마음을 울리는 것을 많이 만날 수 있습니다. 숲에는 보이든 보이지 않든 마음을 비우게 하고 따스하게 해주는 것으로 가득하기 때문입니다. 돌도 그중 하나입니다. 숲에는 흙에 파묻힌 돌, 바닥을 구르는 돌, 깨끗하고 단단해 보이는 돌, 이끼에 덮인 돌, 이끼에 풀에 나무까지 안고 있는 돌, 의자가 된 돌, 누워도 될 정도로 커다란 돌… 여러 돌이 있습니다.

그 흔한 돌은 생명이 탄생하기 전부터 존재한 물질입니다. 펄펄 끓는 돌, 즉 용암이 굳은 것이 돌입니다. 용암이 분출하면 지표면에서 화성암火成巖이 되고, 화성암이 풍화돼 그 가루와 조각이 쌓여 퇴적암堆積巖이 되고, 점차 다른 돌로 변합니다. 화강암은 용암이 분출되지 않은 채 흙 속에서 굳어 만들어집니다. 바위든 조약돌이든 흙이든 모두 용암에서 만들어진 다른 모습입니다. 아무 데서나 발끝에 차이는 돌 하나에도 수억 수십억 년 역사와 사연이 묻어 있습니다. 구르는 돌을 발로 차는 것은 수억 수십억 년 역사와 사연을 발로 차는 것입니다. 이렇게 말하고 보니 나는 또 신이 납니다. 지금 여기 있는 내가 수억 수십억 년 역사와 사연을 발로 찰 수도 있으니, 내가 얼마나 중요하고 대단한지 알 것 같아서 말입니다.

흙은 입자 크기에 따라 자갈(돌, 지름 20밀리미터 이상), 점토粘土(지름 0.005밀리미터 이하), 모래(그 사이 흙도 돌도 아닌 것)로 구분합니다. 그러나 흙에는 여러 크기 입자가 섞여 있는 것이 보통입니다. 두들기거나 부수는 등 물리적인 자극 없이 돌이 자연스럽게 흙이 되는 데는 지의류와 식물이 큰 역할을 합니다. 숲에서 이끼가 잔뜩 덮인 돌은 그 외양으로 돌이라고 추측할 뿐, 어디에도 회색빛 돌의 모습은 보이지 않습니다. 이런 이끼의 터전을 만드는 것이 지의류입니다.

매끈한 바위나 나무껍질에 어느 날 지의류가 자리 잡습니다. 지의地衣류는 '지구의 옷'이라는 말뜻처럼 지구에 흔한 물질입니다. 조류는 균류에게 집을 제공하고, 균류는 조류에게 영양분을 공급하는 식으로 공생하면서 주로 녹색 딱지 형태로 바위나 나무껍질을 덮습니다. 균류가 조류에게 주는 영양분인 질산염과

지의류는 조류와 균류로 구성됩니다. 조류는 균류에게 집을 제공하고, 균류는 조류에게 영양분을 공급하는 식으로 공생합니다. 지의류가 푸석푸석하게 만든 돌에는 이끼가 먼저 자리 잡습니다.

인산염이 바위를 흙 모양으로 푸석푸석하게 만듭니다. 그 성분이 산성이기 때문입니다. 바위가 푸석푸석해지면 그 부분에 헛뿌리가 있는 이끼가 자리 잡습니다. 다른 식물 뿌리와 마찬가지로 이끼도 뿌리 끝을 통해 젤리 성분 영양물질을 배출하는데, 이 젤리 성분에 있는 박테리아가 유기물과 토양 파편을 부수는 일을 합니다. 그러면 바위는 더 푸석푸석해져 풀이나 고사리같이 조금 더 큰 식물이 들어옵니다. 점차 국수나무나 바위말발도리, 싸리 같은 떨기나무가 들어오고, 이어서 소나무가 들어와 자리를 일구면 다음으로 아까시나무나 참나무 같은 나무가 들어오기 좋게 되고, 까치박달이나 자작나무, 서어나무가 들어오면서 최고의 숲이 만들어집니다. 이런 극상의 숲이 만들어지는 데 적어도 500년 이상이 걸립니다.

숲은 결국 지의류가 만듭니다. 지의류가 지구에 발을 디딘 4억 년 전의 발생 형태도 그렇고, 숲이 만들어지는 과정도 그렇고 나는 그 시작이 공생이라는 게 참 좋습니다. '시작은 미미했으나 끝은 창대하다'라는 말처럼 창대한 숲은 '미미한'이라는 말로도 부족하기 짝이 없는, 작은 '둘'이 만든 '하나'로 이뤄집니다. 그러니 누가 돌을 생명이 아니라고 말할 수 있을까요.

돌도 나이를 먹으면 이렇듯 생명을 품고, 그 힘으로 점차 큰 생명을 만들어냅니다. 이 대목에서 어쩔 수 없이 "그럼 나는?" 하고 묻게 됩니다. 생명이 아닌 것으로 취급되는 돌도 나이를 먹으면 생명을 품는데, 하물며 인간인 내가 생명을 품고 키우는 것은 당연한 일입니다. 시비와 갈등이 많은 우리 삶 앞에 돌을 놓으면 우리가 사는 세상은 더욱 따뜻해지지 않을까 하는 생각이 듭니다. 돌에도 많은 말씀이 들어 있다는 사실이 참 따뜻합니다. 내가 따뜻한 세상에 살고 있다는 사실을 깨달을 때 새삼 행복합니다.

마음 치유 알음알이

돌은 어디에나 참 많습니다. 돌을 주워 비석치기를 하고 탑을 쌓습니다. 그것이 동심이든 기도든 모두 하늘이 좋아하는 일입니다. 홀로 찾은 숲에서 돌로 탑을 쌓는 일은 내 안의 신에게 드리는 기도입니다.

바람으로 시작되는 박주가리의 새 삶

열

        4월의 바람은 꿈결 같습니다. 차지도 덥지도 않은 게 얼굴을 어루만져 잠시만 눈을 감아도 꿈나라로 갈 듯합니다. 가만 보니 나만 간지러운 게 아닙니다. 까치도 쌍쌍이 바람을 타고 놀지요, 우리 집 찔레나무는 아기 손가락 같은 눈을 빼꼼히 내밀고 있지요, 눈곱을 거의 다 떼어낸 복슬복슬 버들강아지의 털은 갓난아기의 고운 솜털 같습니다. 지금 세상은 여기저기 행복한 꿈속인 듯 수줍게 술렁입니다. 그런데 말입니다. 저 숲 끝에 간질간질 나른한 봄바람에 "출발!" 하고 커다랗게 외치는 친구가 있습니다.

    박주가리 요 녀석이 나른한 봄바람에 잠이 활짝 깬 겁니다. 왜 아니겠어요. 박주가리는 어쩌면 이날의 비상을 위해 긴 시간 견뎌왔을 테니까요. 이곳저곳에 갓털을 한껏 부풀린 박주가리 열

봄바람에 잠이 깬 박주가리 씨앗이
갓털을 한껏 부풀리며
비상을 준비합니다.

매가 환희의 탄성을 터뜨립니다. 벌써 할 일을 다 마치고 편안하게 빈 둥지로 남은 친구도 여기저기 눈에 띕니다. 훨훨 날아 어딘가 좋은 땅에서 뿌리를 내리고 살면 좋겠습니다. 터벅터벅 걷는 숲길 귀퉁이 마른 가지에서 문득 이렇게 바람이 가져다준 봄의 이야기를 만나면 환해지고 행복해집니다. 이래서 봄이 생명이고 희망인 모양입니다.

식물은 잎이나 줄기를 자르면 대개 맑은 액체가 나옵니다. 그런데 박주가리는 우유처럼 흰 유액이 나옵니다. 이렇게 흰 유액이 나오는 식물을 밀크위드milkweed라고 하는데, 대부분 독성이 있습니다. 박주가리의 유액에도 독성이 있습니다. 그런데 날개가 크고 아름다운 제주왕나비는 박주가리에 알을 낳습니다. 알에서 깬 제주왕나비 애벌레는 박주가리 잎을 먹고 독을 몸에 축적해, 새나 기생충에게서 자신을 지키는 무기로 사용합니다. 제주도를 비롯한 남부 지방에 살기 때문에 애벌레와 나비도 책이나 방송에서 봤지, 실제로 본 적은 없습니다.

모나크왕나비는 세계에서 가장 먼 거리를 이동해 알을 낳습니다. 여러 날에 걸쳐 알 낳을 나무에 가야 하니, 중간에 어느 한 나무에 다닥다닥 붙어 잠을 잡니다. 그러다 보니 모나크왕나비가 앉은 나무는 전체가 꽃으로 덮인 나무보다 아름다운 나무가 됩니다. 나비 나무라니! 그야말로 꿈같은 그 모습을 언젠가 보는 것이 내 꿈입니다.

한 번도 본 적 없는 제주왕나비를 좋아하는 이유는 모나크왕
나비와 관련이 있어서입니다. 제주왕나비는 아름다운 모나크왕
나비와 집안이 같습니다. 모습이나 습성이 닮았고, 두 나비 모두
박주가리와 같은 밀크위드의 독을 잘 소화해 천적을 물리치는
데 사용합니다. 나는 세상의 독을 도리어 세상에서 자기를 지키
는 무기로 사용하는 이들의 지혜가 좋습니다. 사람이 일생 걷는
것보다 많이 날아 후손을 위한 먹이식물을 찾아가는 모나크왕나
비의 고난도 아름답습니다.

천적에게서 자기를 지키기 위해 독을 만들고, 비상하기 위한
갓털을 달아 씨앗에게 비행의 자유를 선사하는 박주가리가 하늘
이 보낸 편지를 내게 전해줍니다.

'세상의 독을 잘 소화하고 아픔을 이겨내면 네가 세상을 사는
힘이 된단다. 우리는 약하지 않아. 우리는 원래 완전한 존재란다.'

마음 치유 알음알이

길을 가다 민들레나 박주가리처럼 갓털이 달린 씨
앗을 만나면 후 불어 날려보세요. 새 삶을 찾아가는
씨앗의 기쁨이 내게로 와서 얼마나 행복해지는지
모릅니다. 박주가리 씨앗은 민들레 씨앗과 닮았습
니다. 크기만 큽니다.

마음으로 보면 아름답지 않은 것이 없습니다

열하나

봄이 생명의 입김을 불면 죽은 것 같던 회색 숲은 정말이지 하루가 다르게 새잎으로 채워집니다. 어느 잎 하나 어느 나무 한 그루가 봄 숲을 채우는 것이 아니라 수많은 나무의 수많은 잎이 모두 보태져서 숲이 가득 찬다는 사실은, 회색 숲이 하루가 다르게 푸르러지는 것만큼이나 큰 감동으로 다가옵니다.

봄 숲에는 애벌레가 많습니다. 애벌레가 아기이다 보니 소화가 잘되는 어린 새순이 필요하기 때문입니다. 봄에 나온 싹이 애벌레의 이유식인 셈이지요. 애벌레를 보고 화들짝 놀라거나, 징그럽다며 죽이려고 하는 사람을 보면 참 마음이 아픕니다. 애벌레가 자라서 날개를 단 뒤에는 꽃들이 결혼하게 도와주고 열매를 달게 하는, 세상에 없어선 안 되는 어른벌레의 어린 모습이니 말입니다.

산제비나비 애벌레가 냄새뿔을 내밉니다.

별것 아닌 듯 보이는 게 새한테는 효과가 있는 모양입니다.

그 모습이 정말 귀엽습니다.

제주왕나비 애벌레가 천적에게서 자기를 보호하기 위해 독성이 있는 박주가리 잎을 먹고 독을 몸속에 저장하는가 하면, 호랑나비 종류 애벌레는 산초나무 같은 운향과 식물이나 쥐방울덩굴 잎을 먹고 몸에 식물 특유의 냄새를 저장합니다. 위험한 순간이 닥치면 냄새뿔을 내밀어 천적에게 고약한 냄새를 뿜어댑니다. 나는 미안하면서도 뿔을 내미는 그 앙증맞은 모습이 보고 싶어 가끔 애벌레를 건드립니다. 애벌레는 역시 뿔을 내밀며 반응하지요. 나는 냄새를 잘 못 느끼지만, 새한테는 효과가 있는 모양입니다. 대단한 재주입니다. 굼벵이한테 기는 재주가 있듯, 하늘은 누구에게나 살아가는 데 필요한 능력을 준다는 것을 알게 됩니다.

애벌레는 아무리 들여다봐도 나비가 될성부르지 않은데, 어느 날 문득 날개가 돋고 나비가 됩니다. 아마도 바닥을 기고, 깊은 어둠 속에 자기 몸을 가둔 시간 때문일 겁니다. 내가 꿈틀거리는 애벌레를 사랑스럽게 바라보고, 숭숭 뚫린 배춧잎을 보고 웃는 이유가, 죽은 듯 어둠 속에 몸을 가둔 고치를 보고 고개 숙이는 이유가 그들의 시간 속에 있습니다.

그들이 어둡고 긴 잠을 찾아 들어간 것은 더 환하고 아름다울 오늘을 위해서입니다. 그들은 우리보다 먼저 알고 있었습니다. 바닥을 기던 삶에 날개를 달아주는 건 멈춤과 어둠이라는 걸, 간절한 바람이라는 걸. 바닥을 기던 미물에게 하늘을 나는 날개가, 세상을 향하는 더듬이가 생기다니요. 이해하기 어려운 미물들의 변신을 보고 나는 생각합니다. 내게도 저런 대단한 재주가 숨어 있는 건 아닐까? 미물들이 이럴진대 왜 아니겠어? 맞아, 내게도 대단한 재주가 있을 거야.

간절한 마음보다 무서운 건 없습니다. 간절히 바라는 마음이 변화와 기적을 가져옵니다. 나는 한 번이라도 온몸으로 삶을 산 적이 있던가? 언제 깊은 어둠 속으로 걸어 들어간 적이 있던가? 하늘을 날아보겠다는 희망과 의지를 품어본 적이 있던가? 미물의 눈으로 나를 보고 그들의 날개를 내 것으로 만듭니다. 나를 믿고 나의 날개를 희망하고 푸른 하늘을 기대해봅니다.

살면서 우리는 어쩔 수 없이 바람과 구름, 어둠과 추위, 목마름 같은 어려움을 온몸으로 겪어야 합니다. 넘어지기도 합니다. 비 없이는 무지개도 없고 아름다운 꽃이 떨어져야 그 자리에 열매가 달리니, 세상의 어려움은 무지개와 다디단 열매의 전조일 뿐입니다. 넘어져 생긴 상처를 더 두껍게, 부러진 뼈를 더 단단하게 하지 못하면 나는 애벌레만도 못한 존재입니다. 세상의 어려움과 아픔이 내 안의 나비 DNA를 깨워 날개를 만듭니다.

나는 벌레 먹은 나뭇잎을 좋아합니다. 그들의 날개를 만든 흔적이기 때문입니다. '나뭇잎이 벌레 먹어서 예쁘다'고 한 이생진

시인의 마음이 이랬을 겁니다. 무엇이든 마음으로 들여다볼 일입니다. 마음으로 들여다보면 지는 꽃에도, 바닥을 기는 애벌레에도, 벌레 먹은 나뭇잎에도, 죽은 듯 잠자는 고치에도, 흐르는 물이나 이끼 낀 돌에도 아름답고 완전한 내가 있음을 알게 됩니다.

마음 치유 알음알이

벌레 먹은 나뭇잎은 숲 바닥 어디에나, 어느 계절에나 있습니다. 그 나뭇잎을 하나 들고 애벌레가 만든 구멍으로 사진을 찍어봅니다. 그 구멍이 우리를 주인공으로 만듭니다. 예쁘게 물든 가을 나뭇잎은 주인공을 더 멋지게 만듭니다.

조릿대 이야기

열둘

⌂

        내가 자주 가는 숲에 조릿대가 가지런히 자라는 곳이 있습니다. 그곳에서 대나무쐐기알락나방 애벌레가 해마다 조릿대 전체를 초토화하다시피 하는데, 그 정도가 안쓰러울 지경입니다. 신기하게도 초토화되다시피 한 조릿대가 이듬해에는 영락없이 잎이 무성해집니다. 신기하기도 하고 궁금하기도 해서 그 원인을 찾아봤습니다.

  애벌레는 조릿대 잎을 먹고, 그 자리에서 똥을 쌉니다. 애벌레가 싼 똥은 애벌레 뱃속에서 한 번 발효를 거친데다 조릿대 잎 성분과 다르지 않아, 훌륭한 거름이 됩니다. 우리가 알지 못하는 사이에 이들끼리 거래가 있었나 봅니다. 그래서 조릿대가 자기 몸을 먹도록 허락한 모양입니다. 아무렴 그랬겠지요. 애벌레가 자라 날개가 돋아나면 여기저기 날아다니며 꽃가루받이를 해줄

내가 가는 숲의 조릿대는
대나무쐐기알락나방 애벌레 때문에
해마다 이렇게 초토화됩니다.
그래도 이듬해에는
싱싱한 잎을 내니 기특합니다.

테니, 기꺼이 자기 몸을 공양하겠지요. 그러니 애벌레가 일방적으로 먹고, 조릿대는 먹히기만 하는 게 아니에요.

　나는 다른 나무처럼 대나무도 좋아합니다. 그 이유는 참 많습니다. 대나무 종류가 그렇듯 조릿대도 2년이면 키가 다 자랍니다. 그다음에는 오로지 자신을 단단하게 하는 데 일생을 보냅니다. 가지런하고 꼿꼿하게, 누구에게도 기대지 않고, 평생 자신을 단단하게 하는 데 기운을 쓰며 사는, 흔치 않은 멋이 있는 식물이 대나무입니다. 기대지 않으니 곧게 자랐겠지요? 살아온 시간만큼 단단해졌겠지요? 그래서 피리 소리가 그렇게 낭랑한 모양입니다. 그래서 대금 소리가 달까지 닿을 듯 깊은 모양입니다.

　한방에서는 대나무 종류 잎을 담죽엽이라고 해서 마음이 어수선할 때나, 정서가 불안정한 아이에게 달여 먹입니다. 댓잎이 가지런하고 기대지 않으며 자란 모양 그대로 사람 마음을 잠자게 합니다. 이를 동종 요법이라고 하지요. 왜 아니겠어요. 바람도 가지런히 줄 세우며 살았는데, 벌레에게 몸을 다 주고도 태연했는데, 사람 마음 가지런하게 하는 정도야 뭐가 어려울까요.

　나는 벌레에게 먹힌 댓잎에게 그들의 고요함과 태연함의 진동을 다시 전합니다. '수고했다, 내년에는 너희가 더 멋질 거야. 날개를 키운 네 살이 곱디곱게 다시 너희 몸속에서 살아날 테니까….'

마음 치유 알음알이

애벌레는 대개 멀리 가지 않고 먹은 자리에서 똥을 쌉니다. 숭숭 구멍이 뚫린 나뭇잎이 있으면 그 아래에서 애벌레 똥을 찾아 냄새를 맡아보세요. 애벌레는 초식성이라 똥에서 풀 냄새가 납니다. 살면서 좀처럼 만나기 힘든 풀 똥을 만져보고, 향긋한 풀 내까지 맡는 행운이 따를 거예요.

바람의 무늬를 안으로 새긴 나무처럼

열셋

숲에 들어 낙엽송이라고도 하는 일본잎갈나무를 바라보니 키가 참 큽니다. 어찌나 큰지 목을 한껏 젖혀야 꼭대기가 보입니다. 바람이 부는 것 같지 않은데 꼭대기에 있는 가지가 마구 흔들립니다. 둥치는 끄떡도 하지 않고 잔가지만 흔들립니다. 낯설지 않은 모습인데도 나는 그 모습이 늘 신기하고 우러르게 됩니다. 세상의 어떤 바람 앞에서도 중심은 흔들리지 않는 게 내가 이르고 싶은 모습이기 때문입니다.

바람은 시도 때도 없이 나무를 흔들어댑니다. 그러니 나무는 어쩔 수 없습니다. 흔들리는 수밖에요. 바람이 세면 많이 흔들리고 약하면 조금 흔들리면서, 때로 뿌리가 뽑힐 것 같은 바람을 견디면서 오늘에 이르렀습니다. 죽은 나무는 흔들리지 않습니다. 뻣뻣하게 서 있다 어느 날 쓰러질 뿐입니다.

나무는 세찬 바람에도

잔가지만 흔들릴 뿐, 중심 기둥은

끄떡하지 않습니다.

나무가 흔들리는 것은 살기 위해서입니다. 흔들려야 부러지지 않고, 흔들려야 뿌리가 자라기 때문입니다. 작은 뿌리로는 몸집을 키울 수 없어 또 흔들립니다. 흔들리는 게 나무의 삶입니다. 바람의 세기만큼 뿌리를 키우고 나면 조금 더 큰 바람을 이길 수 있게 됩니다.

때로 거센 바람이 찾아오면 숲은 바람을 온몸으로 받아 안고, 나무는 일사불란하게 군무를 춥니다. 병든 가지, 약한 가지를 떨구면서 겨운 춤을 춥니다. 아플 듯도 하건만 바람 앞에서 나무는 단호합니다. 그들을 내치지 않으면 자기 삶이 비루해진다는 걸, 더 높이 자랄 수 없다는 걸, 꽃을 피우고 열매를 맺을 수 없다는 걸 아는 모양입니다.

내 삶도 그랬습니다. 바람이 세면 많이 흔들리고, 약하면 조금 흔들리고, 때로는 뿌리가 뽑힐 듯한 바람을 이겨내면서 오늘에 이르렀습니다. 내가 흔들린 것은 살기 위해서였고, 살아 있어서였습니다. 흔들렸기에 내 삶이 부러지지 않았고, 흔들리면서 내 삶의 뿌리가 자랐습니다. 내게 닿는 바람만큼 뿌리를 키웠고, 다음에는 조금 더 큰 바람을 이길 수 있었습니다. 쉬지 않고 나를 흔들던 바람을 원망하지 않습니다. 때로는 바람을 타고 춤추며 함께 놀기도 합니다. 지금의 나를 만든 게 세상의 바람임을 나는 압니다. 그 바람을 이겨낸 나를 온몸으로 사랑합니다. 앞으로도 사랑할 겁니다.

마음 치유 알음알이

커다란 나무 아래 나뭇가지가 무수히 떨어져 있습니다. 병든 가지, 자신을 썩게 할 약한 가지를 스스로 떨군 것입니다. 숲 바닥에 떨어진 가지를 들고 내 안의 병든 가지, 약한 가지, 떨궈야 할 가지가 무엇인지, 내가 어떤 욕망을 놓지 않고 있는지 생각합니다. 욕망의 가지를 떨구면 나를 괴롭히던 아픔과 연민은 아름답고 단단한 무늬로 남겠지요. 바람의 무늬를 안으로 새겨 넣은 나무처럼요.

죽어서 더 오래 사는 나무

열넷

숲에 통나무 의자가 있습니다. 굵기를 보니 족히 30~40년은 살다 간 나무인 듯합니다. 행여 의자가 섭섭할까 봐 숲속 통나무 의자에 살짝 앉습니다. 앉아서 의자의 의미를 생각하고, 누군가의 의자가 된 이 나무를 보니 참 괜찮은 삶을 살고 있다는 생각이 듭니다. 의자가 된 이 나무를 롤 모델로 삼아야겠습니다. 내 희망이 의자같이 편한 사람이 되는 것이니까요.

나무는 살아서보다 죽어서 오래 산다는데, 의자가 된 이 나무는 앞으로 얼마나 살 수 있을까 생각해봅니다. 죽어 오래 사는 나무의 생명으로 치자면 우리나라에 현존하는 목조건물 가운데 오래되기로 손꼽히는 봉정사 극락전(1200년대 초로 추정. 1363년 지붕을 수리한 기록이 있음)과 부석사 무량수전(1376년 재건)의 배흘림 기둥이 먼저 떠오릅니다. 지금까지 잘 보존된 모습만 봐도 죽은

이 숲의 의자가

다듬지 않은 통나무로 만들어진 것이

나는 참 좋습니다.

나무가 수백 년을 사는 건 우스운 일이 아닌가 싶습니다.

이 숲의 통나무 의자는 그렇게 오래 살 것 같지 않습니다. 사람들의 보호를 받는 가구나 재목과 달리 눈이나 비에 젖고, 특히 여름에는 버섯 같은 곰팡이가 이 나무를 흙으로 만들려고 달려들 테니 말입니다. 그래도 십수 년은 무난히 의자로 살지 않을까 싶습니다.

가구들이 별다른 처리 없이 오랜 시간을 잘 버티는 것을 봐도 알 수 있듯, 나무는 비바람이나 곰팡이만 차단돼도 참 오래 삽니다. 우리 집에는 쭉정이로 만든 요정 동물이 여럿 있습니다. 그중에는 15년을 훌쩍 넘어 20년이 다 돼가는 친구도 있습니다. 아크릴 상자에 넣었을 뿐인데, 지금까지 아무런 문제가 없습니다. 색도 그대로입니다. 만져봐도 단단한 것이 지금처럼 습기만 차단해도 100년은 쉬이 가지 않을까 싶습니다.

무수한 정신을 기록하고 저장해온 연필과 종이의 전생이 나무라는 것을 생각할 때, 나는 또 나무가 존경스럽습니다. 인류의 문명이 나무에 기대 발전한 증거인 동시에, 내 행복의 뿌리도 나무가 해온 일에 닿아 있는 듯 생각되기 때문입니다.

논문을 쓰느라 꼬박 1년을 공부에 집중한 지난해는 참으로 행복했습니다. 내 삶의 한 모퉁이에 이런 시간이 있다는 게 얼마나 고마웠는지 모릅니다. 떠오르는 질문을 메모하고 성실하게 답을 구하면서 바보 같아도, 느려도 왜 솔직해야 하는지 알 것 같았습니다. 느리지만 천재가 부럽지 않았고, 지식보다 지혜에 관한 공부를 한 것 같아서 행복했습니다. 그 행복은 내가 종이, 책, 책상, 연필과 함께한 시간 동안 나무의 정신이 나에게 와 닿았기 때문이라고 믿습니다.

나와 우리의 모든 것이 언감생심 나무를 닮아 잘 사는 것, 잘 죽는 것, 살아서 죽는 것, 죽어서도 죽지 않는 것이면 좋겠습니다. 죽을 때 죽더라도 의자처럼 살다 죽었으면 좋겠습니다. 족히 30~40년을 바람에 흔들렸을 이런 통나무 의자에 앉으면 그런 기운을 충분히 받을 것입니다.

마음 치유 알음알이

요즘은 잘 조성한 숲이 많습니다. 이런 숲에는 의자도 곳곳에 있습니다. 의자가 되어 죽어서도 쉼을 주는 나무에게 박수를 보내고 싶습니다. 잠깐 의자에 앉아 생각해보면 이 의자 같은 삶도 나무가 좋아할 것 같습니다. 그때 나도 덩달아 행복해집니다.

나의 나무 치유 이야기

열다섯

      20년쯤 됐을까요. 혼자 무작정 산에 오른 적이 있습니다. 강촌 삼악산이었다는 것뿐, 그곳이 어디였는지 길눈 어두운 내가 어떻게 거기까지 갔는지 자세한 기억은 없습니다. 그때 나는 피 흘리는 허깨비였습니다. 너무 아프면 세상도, 나도 모두 사라진다는 걸 그때 알았습니다. 나는 커다란 둥치에 기대 쪼그리고 앉아서 무릎에 얼굴을 묻었습니다. 머릿속에 생각은 하나도 없었습니다.

  두 시간쯤 지났을까… 마음 저 밑바닥에서 편안함이 맑게, 아주 맑게 아지랑이처럼 피어올랐습니다. 요동치던 내 마음이 고요한 호수처럼 잔잔해졌습니다. 나쁜 꿈에서 깬 듯 그 편안함과 고요함이 나로서도 믿기지 않았습니다.

  숲이, 나무가, 내가 발 딛고 있는 자연이 나를 구원할 것임을

나무를 우뚝 서게 한 것은 바람입니다.

바람이 뿌리를 키웠습니다.

내 몸과 영혼은 어찌 알았을까요? 내 피가, 그 속에서 잠자고 있는 DNA가 알았을까요? 숲속에서, 죄 만들지 않는 숲 생명들 속에서, 나는 나를 맑히고 잔잔해집니다. 그들과 같은 모습이 됩니다.

지금도 힘들 때면 쪼그리고 앉아 무릎에 얼굴을 묻고 한없이 작아져 이 세상에서 사라지고 싶던 그때의 내 모습이 떠오릅니다. 그 모습이 떠오르면 힘들 때 손잡아주지 못해서 미안하다고, 아플 때 안아주지 못해서 미안하다고 나에게 사과합니다. '괜찮아, 괜찮아, 다 잘될 거야' 하며 내가 내 안의 어린 나를 위로합니다.

숲에서 나를 맑히고, 숲의 울림을 내 것으로 만들어 잃어버린 자연성을 찾아오는 것, 그리하여 스스로 치유되는 삶을 사는 것이 나의 치유고 내가 나를 사랑하는 방법입니다. 우리 모두 자기 안의 자연을 만났으면 좋겠습니다.

마음 치유 알음알이

마음이 아프거나 어지러울 때, 홀로 숲에 갑니다. 평일에 휴양림이 좋습니다. 나무에 기대앉아 눈을 감고 편안히 쉽니다. 아무것도 하지 않고 5분쯤 앉아 있기만 해도 마음이 편안해집니다.

우리도 새처럼 살 수 있을까?

열여섯

숲에 들어서서 두 팔을 날개처럼 펴봅니다. 너무 오랫동안 두 팔을 펴지 않았다는 걸 그제야 알게 됩니다. 나는 팔을 벌리고 먼 하늘을 바라보며 천천히 달립니다. 그러면 내가 마치 춤을 추는 것 같습니다. 그때 기분이 얼마나 좋은지, 숲에서 두 팔을 펴고 달리는 춤이 내 몸이 추는 진짜 춤은 아닐까 하는 생각이 듭니다.

팔을 옆으로 펴면 겨드랑이가 바람으로 시원해집니다. 살짝 새의 기분을 느낄 수 있습니다. 이때 커다란 일본목련 잎을 양손에 한 장씩 잡고 펄럭펄럭 바람을 일으키면서 달리면 정말 날아오를 것 같은 기분이 듭니다. 아이들에게 일본목련 잎을 한 장씩 주고 기러기처럼 줄지어 달리게 하면 얼마나 좋아하는지 모릅니다. 커다란 잎으로 만든 날개 덕분에 아이들은 한껏 신이 납니다.

아이들처럼 새처럼 바람을 느끼고, 날개를 달아보고, 달려보기 바랍니다. 비록 잠깐이지만 이 기분 참 괜찮습니다.

가끔 나뭇잎을 흔드는 바람이 다녀갈 뿐, 한여름 오후의 숲은 고요합니다. 이런 날에는 숲 친구들의 수런거림이 들리는 듯합니다. 나는 언젠가 한적한 산속 찔레꽃이던 것도 같고, 그 아래에서 찔레꽃 향기로 자란 강아지풀이던 것도 같습니다. 그 친구들을 보면 꼭 나를 보는 듯하니 말입니다.

오솔길 찔레나무 옆에 어치가 쓰러져 있습니다. 날개며 몸에 상한 곳이 없는 걸 보니 명을 다해 돌아간 모양입니다. 사람들은 이렇게 숲에 죽어 있는 작은 생명을 만나면 못 볼 걸 본 양 피하거나 깜짝 놀라 소리 지릅니다. 나는 돌아간 숲 친구들한테 미안해, 사람들 눈에 띄지 않게 낙엽으로 덮어줍니다. 그리고 누구보다 자신의 숙제를 잘했을 친구에게 '수고했어. 하늘의 숙제를 하느라 애썼어. 나도 내 숙제 잘하고 갈게, 먼저 가' 하고 작별 인사를 합니다. 나도 새처럼 살 수 있을까요? 알 수 없으니 그저 살아낼 뿐입니다.

새는 나무와 나무 사이, 하늘과 땅 사이를 날아다녀서 새라 했다지요? 나비나 벌도 날개가 있지만, 훌쩍 왔다가 훌쩍 떠나는 새가 유독 자유로워 보이는 건, 그놈의 '훌쩍'과 '멀리'라는 말 때문인 것 같습니다. 날아다니다 발 닿는 곳이 집인, 그러다가 쓰러

어치에게 낙엽을 덮어주고

작별 인사를 합니다.

'수고했어. 하늘 숙제하느라 애썼어. 잘 가!'

지는 곳에서 그저 흙이 되는, 이승에서도 훌쩍 떠나는 자취 없음 때문인 것 같습니다. 새는 제 몸뚱이 하나 먹고 살다 가는 게 뭐 그리 어렵냐고 몸으로 말하는 듯합니다. 자식을 키운 집조차 두고 떠나는 뱁새 둥지를 보면 부끄러워집니다. 아무래도 나는 새처럼 살지는 못할 것 같습니다.

마음 치유 알음알이

숲에서 두 팔을 새 날개처럼 펴고 걸어보세요. 달려 보세요. 눈을 감고 천천히 걸어보세요. 그러면서 겨드랑이 사이로 파고드는 숲의 바람을 느껴보세요. 자유를 맛볼 수 있습니다.

꽃잎이 흘날리는 벚나무 아래에서

열일곱

벚나무는 사철 아름답습니다. 봄에는 나무 구석 구석 겨드랑이며 손가락까지 꽃으로 가득 채우고, 여름에는 무수한 푸른 잎으로 짙은 그늘을 만들어줍니다. 가을에 노랑부터 빨강, 갈색 순으로 물드는 단풍은 얼마나 고운지요. 그렇지만 나는 겨울 벚나무를 최고로 칩니다. 나뭇가지 선이 굵고, 둥치 표면이 거칠고, 가지가 제각각 넓게 하늘을 향해 뻗은 모습을 보면 닮고 싶다는 생각이 듭니다. 이수근 화백이 그린 나목 같습니다.

내 취향은 접어두고, 대다수 사람은 꽃으로 뒤덮여 벌들이 북 치고 장구 치며 잔치판을 벌이는 봄날의 벚나무를 최고로 칩니다. 봄밤을 환하게 밝히는 벚꽃이 눈처럼 날리면 모든 이의 사랑이 이뤄질 듯하고, 덩달아 행복해합니다.

식물이 꽃을 피우는 건 열매를 맺기 위해서입니다. 사람으로 치면 아기를 잉태하기 위함이지요. 잉태가 보통 힘이 드는 게 아닙니다. 그러다 보니 나무는 꽃을 피우는 데 한 해 동안 쓸 힘을 절반이나 쓴다고 합니다. 우리가 아름답다고 감탄하는 모습이 나무에게는 진통 같은 아픔과 수고의 시간입니다. 잎도 없이 꽃 색깔 만들랴, 벌에게 줄 꿀 만들랴, 그것도 모자라 향기까지…. 한 생명을 만드는 일이니 그도 그럴 것 같습니다. 해를 걸러 쉬며 다시 힘을 모으는 것도 그 때문이겠지요.

그런데 벚나무 같은 장미과 나무는 꽃의 10퍼센트만 열매가 된답니다. 그 열매의 10퍼센트 정도만 제대로 여문 씨앗이 되고요. 꽃 100송이를 피워 씨앗 하나 건지려고 이른 봄부터 안간힘을 쓰는 셈이지요. 잘 여문 씨앗이 다 벚나무가 되는 것도 아닙니다. 새가 먹어 똥으로 나온 씨앗이 아니라면 아무리 잘 익었어도 발아율이 극히 낮습니다. 일단 새에게 먹혀서 껍질이 적당히 벗겨지고 발효 과정을 거쳐야 합니다. 새의 배를 지나온 다음 관문은 좋은 땅에 떨어지는 것입니다. 콘크리트나 사람이 다니는 길에 떨어지면 10년 공부 도로아미타불입니다. 그 많던 꽃이 만든 씨앗 가운데 나무가 자랄 수 있는 땅에 떨어져 아기 나무 한 그루 만들면 아마 벚나무의 그해 농사는 성공일 겁니다.

봄날에 꽃을 가득 피워 가슴 벅차게 한 벚나무 숲길을 5월 말 쯤 걸을 때는 꽃이 떨어지던 바닥을 바라보세요. 나무가 되지 못

꽃이 제대로 여문 씨앗이 되고,

그 씨앗이 싹을 틔워 나무로 자라기는 하늘의 별 따기입니다.

나무도 나도 기적 같은 하늘의 별이라는 생각이 듭니다.

우리는 모두 기적의 증거입니다.

한 수많은 씨앗이 발아래 뒹굴고 있습니다. 이 씨앗들을 보면서 나는 생각합니다. 씨앗이 흙에 뿌리를 내리기 이토록 어려운데, 나도 이 세상에 어렵게 발을 붙인 건 아닐까?

　벚나무는 해마다 어김없이 나무 가득 힘겹게 꽃을 피웁니다. 벌들은 꽃마다 다니면서 꿀을 찾습니다. 봄이면 꽃 피우는 것, 꽃이 피면 꿀 따러 가는 것이 벚나무와 벌이 하는 전부입니다. 내가 지금 할 일은 벚나무나 벌처럼 지금을 살아가는 겁니다. 그러다 보면 어딘가에 가 닿기도 하고, 사람이 되기도 하겠지요. 말 없는 숲 스승들에게 사는 법을 배웁니다.

마음 치유 알음알이

바람에 흩날리는 벚꽃 잎을 손으로 받아보세요. 소원이 이뤄질 거예요. 마음을 모으고 꽃잎을 따라다니다 보면 그것이 행복임을, 내가 지금 행복 속에 있다는 것을 알게 됩니다. 행복이란 소원이 눈앞에서 이뤄진 것이니까요.

구주피나무에서 벌이는 봄 잔치

열여덟

숲속에 들어서니 낯선 소리가 들립니다. '윙윙~' 아득한 곳에서 나는 북소리 같기도 하고, 멀리서 모터 돌아가는 소리 같기도 합니다. 호기심에 소리 나는 곳을 이리저리 찾아보니 꿀이 많다는 구주피나무에서 들리는 소리입니다. 구주피나무 저 위쪽에서 벌들이 윙윙거리며 춤추고 북 치고 장구 치고 꽃 잔치 꿀 잔치 난리를 피웁니다. 그렇지요. 벌들이 골고루 꽃가루받이를 해주니 구주피나무가 결혼하는 것 맞고요, 다디단 꿀로 손님 대접하니 커다란 구주피나무 한 그루가 잔칫집 맞습니다. 수많은 벌의 날갯짓이 북소리를 만들고, 그 날갯짓에 바람이 일어 구주피나무 작은 꽃잎들이 분분히 날립니다.

구주피나무와 벌들이 벌이는 꽃 잔치에 얼떨결에 참여한 나는 축하의 박수를 보냅니다. 꽃을 피우기까지 구주피나무가 겪

구주피나무는 일본 규슈九州에서 들어온

피나무를 말합니다.

슈베르트의 '보리수'나

부처의 보리수가 모두 피나무입니다.

씨앗으로 염주를 만들기도 합니다.

절집에 많습니다. 피나무는 크고 꽃에 꿀이 많아

벌들이 좋아합니다.

은 시련과 인내의 시간에, 꽃들을 중매하느라 애쓰는 벌들의 노고가 더해져 실한 열매가 많이 맺히기 바라는 마음을 담아 아낌없이 박수를 보냅니다. 구주피나무에서 봄 잔치를 벌이는 벌들의 날갯짓 소리는 가을밤 풀벌레 소리처럼 오래도록 마음에 남을 것 같습니다.

숲에는 소리가 참 많습니다. 그 소리는 대개 새와 곤충이 만들어냅니다. 곤충은 넉넉잡아 300만 종에 이르는데, 소리를 내는 곤충은 100종이 채 안 된다니 곤충 소리가 내 귀에 닿는 것도 알고 보면 꽤 귀한 인연입니다.

소리를 낸다는 건 적어도 동족끼리 그 소리를 들을 수 있다는 뜻입니다. 벌이 내는 윙윙 소리야 날갯짓에서 나지만, 매미나 귀뚜라미, 여치, 베짱이, 방울벌레, 풀종다리 같은 곤충이 내는 소리는 대개 사랑의 세레나데입니다. 후손을 남기기 위해 부르는 간절한 노래라 생각하면 그 소리가 더 귀하게 들립니다.

소리를 내는 곤충 가운데 매미는 특이한 녀석입니다. 몸도 큰 편이지만 가장 큰 소리를 냅니다. 그 매미가 하필 오동나무에 붙어 울 때는 '잔칫날 스스로 거문고가 되셨군' 하며 기특하게 바라봅니다. 또 하필 벽오동나무에 붙어 울 때는 '봉황의 뜻을 품으시겠다고?' 하며 나는 혼자 웃습니다.

숲에서 듣는 매미 소리는 그렇게 시끄럽지 않은데, 도시에서는 매미 소리가 너무 크고 시끄러워 소음 공해라고 합니다. 도시의 소음 속에서 자기 소리가 짝에 닿게 하느라 더 크게 소리 내기 때문이기도 하고, 도시 환경이 매미 수에 비해 나무가 절대적으로 부족하다 보니 매미 여러 마리가 한 나무에 붙어 울기 때문이기도 합니다.

매미의 활동 구역은 그리 넓지 않습니다. 기껏 가까운 나무 몇 그루를 날아다니며 울다가, 한 나무에서 짝짓기 하고 그 나무에 알을 낳지요. 알에서 깬 애벌레가 땅속으로 들어가 그 나무뿌리 수액을 먹으며 3년 이상 삽니다. 그러다가 어느 날 땅 밖으로 나와 날개를 붙이고 어른벌레가 되고, 다시 그 나무 근처에서 울다가 짝짓기 하고 알을 낳는 과정을 되풀이합니다.

매미가 스스로 도시에 날아가 사람들을 괴롭히는 건 아닙니다. 숲에 있는 나무뿌리에서 살던 매미 애벌레가 어느 날 그 나무가 도시로 옮겨질 때 딸려 와 살게 된 경우가 대부분입니다. 그들도 시끄럽고 나무가 적은 도시에서 빽빽 소리 지르며 살고 싶지 않을 겁니다. 내가 도시에 사는 매미라면 상당히 억울할 것 같습니다.

마음 치유 알음알이

꽃에는 씨앗을 만들고자 하는 마음이 있습니다. 활짝 핀 꽃을 바라보며 청춘을 생각하고, 지는 꽃을 바라보며 잉태를 생각하고, 씨앗을 바라보며 어미의 수고와 아픔을 생각하면 세상에 아름답지 않은 생명은 없다는 걸 알게 됩니다. 나도 그렇게 세상에 온 아름다운 생명임을 깨닫는 것이 치유입니다.

그 숲에 내 길이 있습니다

열아홉

넓은 숲길에 나 혼자인 게 아까워 나는 이리로도 저리로도 걸어봅니다. 갈지자로도 걸어봅니다. '이번엔 8자닷!' 비틀비틀 걷다가 혼자 웃습니다. 휘적휘적 나뭇잎처럼 흔들리다가, 바람에 날리는 낙엽처럼 종종 달려봅니다. 도토리 찾는 가을 다람쥐처럼 서성여봅니다. 숲길에서 나는 철없는 아이가 됩니다. 그러다가 내 안의 평화를 만나기도 합니다. 평화! 그때 나는 구도자求道者가 왜 길에서 도를 구했는지 알 듯합니다.

내가 숲으로 온 것은 왜 숲 앞에 서면 가슴이 떨리는지 알고 싶어서였습니다. 지금은 알 것도 같습니다. 부처가 왜 숲으로 들어갔는지도 알 것 같습니다. 만물이 그렇듯 내 몸도 공空, 풍風, 화火, 수水, 지地 다섯 물질입니다. 이 다섯 물질이 미세하게 다듬어져 공 쪽으로 가까이 가면 두근거리는 증상으로 나타나 가슴

숲을 끼고 돌아가는 길에서 나는

춤을 추며 철없는 아이가 됩니다.

이 말랑말랑해집니다. 이것이 치유의 시작입니다. 수행하고자 하는 사람들이 두근거림을 중요하게 생각하는 이유는 그래야 오 감 물질이 미세해져 마음과 가까워지고, 그래야 마음의 치유가 가능하고, 그래야 그다음 영적인 치유로 들어갈 수 있기 때문입 니다. 마음을 청각, 촉각, 시각, 미각, 후각에 보태 여섯 번째 감각 이라고 하는 것은 다섯 감각을 통한 마음의 변화가 영혼의 치유 에 중요하기 때문입니다. 마음은 세상과 면한 감각, 즉 몸과 영혼 을 연결하는 다리입니다.

그러니까 가슴 떨림은 오감이 미세해져 마음이라는 여섯 번째 감각으로 바뀔 때 나타나는 신체적이고 심리적인 현상입니다. 서양 과학과 달리 아유르베다 철학에서는 마음을 물질로 봅니 다. 수시로 변하고, 약물로 조절할 수 있고, 변형이 쉬운 물과 닮 았다는 점에서 그렇습니다. 마음은 이 대상, 저 대상으로 끊임없 이 돌아다니면서 바라보는 그 대상을 변형합니다. 그러므로 좋 은 일이건, 나쁜 일이건 자극에 즉각적으로 반응하지 않는 것이 중요합니다. 내 움직임을 바라보고 반응을 지켜보는 것〔觀〕이 중 요합니다. 바라보고 지켜보는 이가 진정한 나입니다.

나는 마음이 물질이라는 것이 참 좋습니다. 일어난 감각을 알 아차리고 그 감각에 휘둘리지 않는 것이 필요할 뿐, 물질이므로 고칠 수 있을 테니까요. 그것이 보이지 않고 알 수 없는 미래에 대한 생각이나 걱정에서 벗어나, 운명을 내가 만들 수 있는 일입니다. 나쁜 것만 문제가 되는 건 아닙니다. 좋은 것이 있어 나쁜 것에 대한 인식이 생기니 좋은 것에 연연하지 않는 것 또한 중요합니다. 좋은 것도 나쁜 것도 모두 지나가고 돌아오니 그저 담담하게 마주하고 살 일입니다. 숲 앞에 서면 가슴이 떨린 것을 보면, 숲을 통한 나의 치유는 그때 시작되고 있었나 봅니다. 그래서 내가 이렇게 숲으로 들어온 모양입니다.

나도 젊은 날 넘어지고 피 흘리고 많이 아팠습니다. 그 상처에 딱지가 앉고 그 위에 다시 딱지가 앉고 더께가 되어 이제는 넘어져도 피 흘리지 않는 마음의 길이 생겼습니다. 내가 이 길을 찾고 이 길을 걷게 된 건 무수한 넘어짐과 무심한 발길 덕입니다. 내가 찾아온 이 길이 내 마음의 길과 같이 느껴진 건 그 때문일 겁니다. 무심하고 무수한 발길로 숲에 길이 생겼듯 말입니다.

치유가 필요하고 쉼이 필요하다는 것을 내 안의 내가 알고 있었으니 나는 참 재수가 좋은 사람입니다. 앞으로 안 좋은 일이나 원치 않는 일이 생겨도 지금을 생각하고 담담하게 살아야겠습니다. 그러니 이제 내 앞에는 안 좋은 일이나 원치 않는 일은 없을 겁니다. 내가 숲 도깨비인 모양입니다. 숲과 함께하는 모든 날이 좋으니 말입니다.

마음 치유 알음알이

숲에서 문득 눈을 감아보세요. 색을 보지 않는 순간, 숲의 소리가 귀로 들어옵니다. 그것이 하늘의 소리입니다. 다음으로 숲의 모든 것이 마음으로 들어옵니다. 모두 눈으로는 볼 수 없는 것입니다. 그러고 나면 고요하고 편안하고 행복해집니다. 행복해지기, 어렵지 않습니다.

가을바람이 되어

스물

소

         오늘도 나는 처음 세상 구경하는 아이처럼 두리번거리며 숲길을 걷습니다. 처음 오는 숲은 아니지만, 어느 하루 어느 시간도 같은 모습을 보여주는 법이 없는 곳이 숲이니 처음 세상 구경하는 아이 맞습니다. 숲에서 두리번거리며 걷다 보면 사랑스럽고 아름다운 것이 눈에 많이 띕니다. 그들과 눈 맞추면 감동하고, 감동에 머물다 보면 자연스레 발걸음이 느려집니다. 숲에서는 천천히 걸을 수밖에 없습니다.

  늘 둔하다는 소리를 듣지만, 숲에서 나의 오감은 활짝 깨어납니다. 오감을 깨우려면 두리번거리며 걷기, 느리게 걷기, 걸으면서 바라보기, 찾아보기, 느껴보기, 생각해보기가 기본입니다. 숲에서 두리번거리며 천천히 걷는 일은 내 취미이자 삶의 큰 기쁨입니다. 컴퓨터 앞에 앉아서는 찾을 수 없는 행복감, 신비, 재미있는 생각이 뒤따라오기 때문입니다. 그렇게 행복해지면서 하늘이 준 숙제를 내가 잘하고 있다는 생각이 듭니다.

나는 작은 숲 생명들을 참 좋아합니다. 하지만 때로는 숲의 바람에 사로잡히기도 합니다. 꽃을 피우고 나비나 새의 날개를 간질이고 꽃들의 결혼을 주재하는 봄바람, 더 깊이 뿌리 내리라고 나무를 흔드는 여름 바람, 씨앗을 날려주는 손길로 안식의 기도를 부르는 가을의 소슬바람, 무심히 길을 지나면서 뭇 생명을 구도자로 만드는 겨울바람….

오늘 나는 가을바람이 되어 휘적휘적 숲을 걷습니다. 그 속에서 붉게 물든 나뭇잎처럼 흔들려보고, 가을바람 타고 노는 낙엽처럼 동동 굴러봅니다. 참나무 숲에서 도토리를 찾는 다람쥐처럼 둘레둘레 서성여봅니다.

내가 숲을 찾는 이유 중에 깊은 고요가 있습니다. 분명 바람과 뭇 생명 속에서 피어났을 고요는 나를 천천히 숨 쉬게 하면서 숲 식구로 만들어줍니다. 그때 태연히 나를 바라보게 됩니다. 세상의 상처를 들여다보면서 '많이 아팠겠구나, 괜찮아, 잘했어' 내 속의 아이를 토닥이게 됩니다. 그런 시간이 지나가면 나는 언제 아팠냐는 듯 다시 행복해지면서 아이처럼 맑아집니다. 웃게 됩니다.

지금 불행 속에 있거나 불행하다고 느끼는 이들이 바람이 되어 휘적휘적 숲을 거닐면 좋겠습니다. 숲의 고요함 속으로 걸어가 그 속에서 자신의 아픔을 바라보면 좋겠습니다. 그 속에서 자신을 위로할 힘을 찾고, 아이처럼 바람처럼 태연해지면 좋겠습니다. 그러면 마음은 편안해지고, 더 멀리 더 많이 볼 수 있게 됩니다. 고요하고 편안한 자유의 시간이 찾아옵니다.

마음 치유 알음알이

가끔 숲의 고요함 속으로 걸어보세요. 그 고요함 속에서 내 아픔이 보이고, 나를 다독일 수 있습니다. 그때 자유가 내 것이 됩니다.

숲길을 걸으며 시가 됩니다

스물하나

숲으로 난 길을 걷습니다. 풀이며 나무며 벌레며 숲 친구들과 이야기를 나누며 걷습니다. 그러다 보면 어딘가에 와 있습니다. 내가 갈 곳이 어디더라… 목적지는 애초부터 없던 것 같기도 하고, 내가 걷는 길이 가고자 한 길인 것 같기도 합니다.

내가 걷는 길이 가고자 한 길처럼 느껴질 때 참 좋습니다. 그것이 만족일 겁니다. 그 길을 걷다 보면 내가 어느결에 새가 되고, 물이 되고, 꽃의 마음이 됩니다. 내가 길이 되고 길이 내가 됩니다. 길과 내가 하나가 되고, 세상과 내가 하나가 됩니다. 나는 세상 걱정 하나 없는 아이가 됩니다. 이렇게 고요하려고, 이렇게 편안하려고 스스로 세상에 온 것 같습니다. 그런저런 생각을 하며 산길을 걷다 보면 세상 모든 게 고마워집니다. 세상이 아름답고

고마우니 내가 착한 시인이 된 듯합니다.

시인이 되고 싶은 때가 있었습니다. 시를 쓰려고 노력하다가 나에게 생각이나 느낌을 시로 요리하는 재주가 없다는 걸 깨달았습니다. 내 성질에도 맞지 않았는지 현상이나 기분을 다른 말로 만들어내는 일이 답답하고 불편하고 성가시게 느껴졌습니다. 머리 쓰지 않고 신나게 놀다가 행복해지는 게 내 성질에 더 맞았습니다.

그러던 어느 날, 시인이 될 수 없으면 시가 되라는 말을 만났습니다. 그 말이 얼마나 좋던지요! 가당찮지만 그날부터 내가 시가 되기로 했습니다. 아무도 몰래 마음속으로 작정한 일이니 누구한테 들켜 우세를 살 일도 없고, 부끄러워하지도 않아도 되는 일이었습니다. 그렇게 생각하니 시를 쓸 이유도, 시인이 될 이유도 사라졌습니다. 그냥 지금처럼 살면 됐습니다. 사는 게 더 쉬워졌습니다. 지금 내가 걷는 길이 목적지인 것처럼 말입니다.

행복도 이와 같지 않을까요? 어디에 있는지 모르고 형체도 기준도 없는 행복을 목표로 머리 쓰며 살 게 아니라, 지금 그냥 행복이 되면 어떨까요? 무엇이 돼야 하나, 어디까지 가야 하나 목마르고 지치지 말고 그냥 살면 되지 않을까요? 돌부리에 걸려 넘어져 무릎이 깨지면 "더 단단한 살이 생기겠군!" 하면서 쓱쓱 문지르고 일어나 다시 걷고, 비바람 몰아치는 날이면 빗속에서 목마른 나무인 양 기꺼이 쉬다가 나뭇잎 뒤에 바짝 붙어 있는 나비랑 반갑게 마주하면서 그냥 그렇게 살면 되지 않을까요? 풀이며 나무며 벌레들과 이야기 나누다가 나도 그들과 같은 자연이 되는 게 시이자 선이며 행복이 아닐까요? 시나 선이 도구가 아니라 그 자체가 되고, 행복을 목표로 삼지 말고 그 자체로 살면 굳이 목마르지 않아도 될 텐데요. 쭉 그렇게 살면 다 될 것 같습니다.

마음 치유 알음알이

숲속에 있는 것은 모두 아름답지만, 꽃이든 벌레든 작은 것을 찾아보세요. 그들을 바라보는 연민의 마음이 내 가슴을 따뜻하게 합니다. 행복해집니다.

기도하는 새싹, 나팔 부는 새싹

스물둘

쌍떡잎식물 새싹은 두 장을 마주 붙이고 나옵니다. 그 모습이 험한 세상 아무쪼록 잘 살기를 바라며 기도하는 어미의 두 손처럼 보입니다. 왜 아니겠어요. 갓난아이 같은 새싹에 바람도 햇빛도 그늘도 잘 견디게 해달라는 어미의 마음이 없을 리가 없지요. 쌍떡잎의 기도로 생을 시작한 식물은 마침내 가장 꼭대기에서 꽃을 피워 올립니다. 두 손을 모으고 기도하는 모습으로 세상에 처음 얼굴을 내민 새싹도, 기도의 가장 높은 곳에 피어난 꽃도 감동입니다.

외떡잎식물 새싹은 나팔 모습으로 세상을 시작합니다. '나 이제 나간다! 그러니 다들 비켜라!' 그렇지요. 혼자니 씩씩해야겠지요. 떡잎을 돌돌 말고 있다가 빛과 바람에 어느 정도 적응한 뒤에야 잎을 활짝 펼칩니다. 그 모습이 얼마나 대견하고 멋진지 '잘

쌍떡잎의
기도하는 모습을 닮은
자란초 새싹입니다.

외떡잎의
당당함을 보여주는
옥잠화 새싹입니다.

했어, 멋져!' 나는 신나게 손뼉을 칩니다.

　온 힘을 모아 꽃을 피우고 씨앗을 맺고 여물기까지 어미가 인고의 시간을 보냈다면, 씨앗이 다시 새싹을 틔울 수 있도록 보내는 데는 어미의 간절함이 있습니다. 민들레는 씨앗을 바람에 멀리멀리 날려 보내고, 회양목은 총알처럼 먼 곳까지 쏘아 보냅니다. 찔레나무는 좀 더 멀리 가기 위해 기꺼이 씨앗을 동물의 배속 어둠으로 보냅니다. 괭이밥이나 물봉선은 자기 몸을 찢으면서 그 힘이 만든 소리와 함께 씨앗을 멀리 보냅니다. 새싹에서 씨앗에 담긴 어미의 간절한 마음과 어미가 보냈을 인고의 시간을 봅니다.

마음 치유 알음알이

씨앗이 싹을 틔우고 꽃을 피우고 다시 씨가 여무는 동안 어미가 견뎌낸 시간과 새싹을 다시 내기 위한 간절함을 생각합니다. 세상의 모든 어미를 생각합니다.

빛도 날개도 어둠을 지나야 만날 수 있습니다

스물셋

가끔 외롭고 힘든 일을 만날 때가 있습니다. 세상의 바람으로 막막할 때가 있습니다. 그럴 때 외로움은 내 존재 이유에 의문을 던지고, 몸과 마음을 더 아프게 합니다. 그렇게 며칠 외로움과 씨름을 하다가 문득 세상이 환해지는 시간이 옵니다. 이제 막 돋는 어린 은행잎이 아기의 말간 손가락 같아 눈물 나는 시간이 찾아옵니다. 망연히 바라본 바위산에 홀로 우뚝 바람을 맞고 서 있는 소나무가 눈에 들어오는 시간이 찾아옵니다. 맑고 여린 은행잎이 이렇게 자라는 것도 모르고 있었다는 걸, 물도 친구도 없는 바위산에서 홀로 의연히 세상의 바람을 맞는 소나무를 잊고 있었다는 걸, 내가 어둠 속에 있었다는 걸 깨닫는 시간입니다.

그들이 내 외로움을 들여다보게 합니다. 그제야 내 안의 외로운 영혼의 소리가 들립니다. 외로움으로 어둠 속에 있지 않았다면 말간 생명도 바람의 세상도 만나지 못했을, 어둠 속에서 바닥을 들여다본 덕에 들을 수 있는 소리입니다. 마음을 두드리는 소리입니다. 나를 잊지 말라는 영혼의 소리입니다. 부디 자신을 사랑하라는 영혼의 소리입니다. 내가 나를 바라보지 않았습니다. 나를 외롭게 버려뒀습니다.

외로움 덕에 나를 찾고 나를 보게 됐으니 다행입니다. 그래서 나는 이렇게 가끔이라도 나를 키우는 깊은 외로움을 기다리고 있었는지 모르겠습니다. 혼자 걷는 어둠의 길에 만난 외로움이 침묵을 만들고, 나는 다시 세상 속으로 걸어 들어갑니다. 뜻하지 않게 찾아온 끝이 이제 처음이 됩니다. 길이 없는 곳에서, 길이 끝나는 곳에서 길은 시작됩니다. 내가 지금 어디에 있는지 알게 된 것도, 달리는 버스에서 내릴 수 있던 것도 모두 끝을 만난 덕분입니다. 끝이 생명과 세상의 바람을 바라보게 합니다. 이렇게 살다가 나는 또 언젠가 깊은 외로움 속에 있을지 모릅니다.

그때 지금을 기억할 것입니다. '천천히, 눈을 감고, 깊은숨으로'를 기억할 것입니다. 비운 만큼, 가벼워진 만큼, 침묵한 만큼 환해질 것입니다. 언제나 채워져 있다는 느낌 속에 있을 것입니다.

마음 치유 앎음알이

애벌레가 고치를 만들고 어둠을 찾아 들어갑니다. 벌레처럼 가끔 스스로 어둠으로 들어갑니다. 그 속에서 더듬이가 생기고 날개가 돋아납니다. 빛도 날개도 어둠을 지나야 만날 수 있습니다.

온 세상에 기립 박수를

스물넷

모름지기 생명으로 이 세상에 태어났다면 누구라도, 언젠가 한 번은 온 세상의 기립 박수를 받아야 한다지요? 그런 날이 반드시 온다지요? 숲길을 걷다 보면 그 말이 옳다는 생각이 들 때가 많습니다.

봄날 온몸에 환하게 꽃을 달고 있는 벚나무를 바라볼 때, 사람들의 발길을 피해 용케도 꽃을 피운 괴불주머니 노란 꽃이 눈에 들어올 때, 큰 나무 그늘에서 없는 듯 자라던 작은 상수리나무가 황금빛으로 물들어 자기 존재를 알릴 때, 바닥을 기던 담쟁이가 어느 날 세상에 없던 숲 바닥의 꽃으로 태어날 때, 어느 날 문득 황금빛 금관이 된 마 덩굴을 바라볼 때 그렇습니다. 그때 그들이 얼마나 기특하고 대견하고 아름다운지 나도 모르게 신나서 손뼉을 칩니다. 손뼉 치게 하는 그들을 바라보면서 '누구라도, 언

젠가 한 번은 온 세상의 기립 박수를 받는 날이 온다'는 말을 믿게 됩니다.

누구라도, 언젠가 한 번은 온 세상의 기립 박수를 받는 날이 온다는 말은 우리 모두의 이야기이기도 합니다. 작은아이는 대학을 졸업하고 직장에 다니다가 새로 하고 싶은 공부가 생겼다며 사표를 냈습니다. 다시 공부하고 나서 일을 하려니 생각처럼 풀리지 않아 마음고생을 많이 하고 울기도 많이 울었습니다. 그런데 요즘 드디어 아이가 좋아하는 일을 만나서 능력을 잘 발휘하고 있습니다. 아이는 "이제야 하는 이야기지만, 가끔 힘들다고 울면서 엄마한테 투정했어도 언젠가 내 능력을 발휘할 날이 올 거라고 생각했어. 한 번도 나를 의심한 적이 없어. 내가 필요한 자리가 어디엔가 있을 줄 알았다니까. 이런 날이 올 줄 알았어"라고 말합니다.

나는 아이에게 박수를 보냅니다. 네 그릇이 커서 이제야 바닥을 채운 것이라고 듣기 좋게 말해줍니다. 자기 일을 찾고 만족하는 아이는 아직 젊으니, 또 아픈 날이 올 것입니다. 그때 울기도 할 것입니다. 그렇지만 지금까지 그랬듯 자기를 믿는 한, 그 아픔은 반 발자국이라도 앞으로 나가는 아픔일 것입니다. 그 아픔이 다시 찾아올 더 큰 아픔을 이기는 힘이 될 테고, 그때 온 세상의 기립 박수를 받는 날이 올 겁니다.

아이는 가끔 힘들다고 말합니다. 그러면서 "이것도 경험이고 내 재산이 될 거야" 스스로 답을 말합니다. 기특하면서 한편으로 짠하기도 합니다. 지금의 어려움이 너무 아프지 않기를, 부디 아이의 뿌리를 키우는 시간이 되기를 바랍니다.

내 시간을 묵묵히 살아내고 걸어간다면 온 세상의 기립 박수를 받는 날이 언젠가 반드시 오고야 말 것입니다. 한 걸음 한 걸음 걷다 보니 어느덧 산꼭대기에 이르는 것처럼, 내 삶의 모든 걸음이 모여 지금 여기에 닿은 것처럼 말입니다. 어쩌면 나에게 보내야 하는 기립 박수의 시간은 한 걸음 한 걸음 묵묵히 걷는 매 순간, 바로 지금일지 모릅니다.

마음 치유 알음알이

나는 한 걸음 한 걸음 걸어 지금 여기에 있습니다. 내가 딛는 한 걸음 한 걸음이 앞으로 나를 만듭니다. 바른 걸음이 바른 삶입니다. 바른 걸음이 중요한 까닭입니다. 바른 걸음걸이 장생보長生步는 오래 사는 걸음걸이, 몸과 마음의 건강을 지켜주는 걸음걸이입니다.

◆ 바른 걸음걸이 : 눈은 30미터 전방을 바라본다. → 몸의 중심을 발바닥 정 가운데인 용천에 두고, 용천-단전-가슴-뇌가 일직선이 되도록 허리를 곧게 편다. → 발가락에 힘을 주고, 내 몸과 마음의 주인이 나라는 생각을 하며 걷는다.

그 숲에 누룩뱀이 삽니다

스물다섯

물가 풀숲에서 알을 품고 있는 오리, 제 몸보다 긴 누룩뱀을 물고 총총 사라지는 족제비, 구사일생으로 비명횡사를 면한 장끼의 날갯짓, 꿩을 놓친 고양이의 원망스러운 눈길, 그들을 바라보는 나. 내가 다니는 숲의 풍경입니다.

그 숲길 한쪽에 비스듬히 서 있는 늙은 시무나무에 오래된 딱따구리 둥지가 있습니다. 올해는 이 둥지에 눈이 부리부리한 다람쥐가 새끼 세 마리와 함께 살고 있습니다.

내가 가까이 가면 얼른 둥지로 숨던 어미 다람쥐가 오늘은 빤히 바라보는 게 이상합니다. 내게 무슨 말을 하고 싶은 거 같아 "왜? 무슨 일이야?" 물었습니다. 그러고는 다람쥐를 지나 눈길을 아래로 쭉 내려보니, 이런! 큰일이 나긴 났습니다. 굵기는 아이 팔뚝만 하고, 길이는 내 다리 정도 되는 누룩뱀 한 마리가 다람

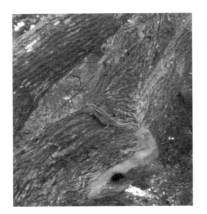

다람쥐

누룩뱀

쥐 둥지를 향해 올라가고 있는 겁니다.

뱀을 때릴 수도 없고, 이걸 어쩌나…. 잠깐 고민하다 나뭇가지를 들고 "가라, 돌아가라~" 중얼대면서 둥치를 툭툭 쳤습니다. 누룩뱀이 내 말을 알아들은 듯 방향을 바꾸더니 잠깐 사이에 자취를 감췄습니다.

에고! 배가 고팠을 텐데 어쩌나…. 이번에는 나 때문에 빈손 맨입으로 돌아간 누룩뱀이 걱정됩니다. 미안하기는 하고, 변명은 해야겠고, 그래서 누룩뱀에게 말합니다. "도망갈 수 없는 생명은 네 사냥 상대가 아니야. 정정당당하게 대결해서 먹고살아야지, 아직 젖도 떼지 않은 아기를 날로 잡아먹는 건 반칙이야."

누룩뱀이 내 말을 알아들었을까요? 내 말을 알아듣고 덜 섭섭했으면 좋겠습니다. 그래도 그냥 돌아간 걸 보면 착한 누룩뱀입니다. "누룩뱀아, 미안해~!"

이 숲은 숲 생명들이 내게 말을 걸고 내가 하는 말을 알아듣기도 하는 참 고마운 곳입니다. 나는 어떻게 이곳에 왔을까 생각합니다. 자연스레 나의 지난 시간을 되짚어보다가 이곳으로 오기까지 힘든 시간조차 참으로 아름다운 시간이었다는 걸 깨닫습니다. 내가 이렇게 아름다운 여행을 싼값에 하는 건 누군가의 축복 속에 있기 때문이라고 생각합니다. 그렇게 믿기로 합니다. 살다가 잊을까 봐 내게 말을 건넵니다. '인생은 아름답다는 걸 알게 된

사람은 재수가 좋은 거야. 그러니까 고마운 줄 알고 살아.' 이런
것을 알기까지 나에게 지금 오늘의 시간을 허락해준 하늘이 또
고맙습니다.

마음 치유 알음알이

세상을 먼저 살다 가신 분들이 남긴 말씀을 알아듣
기에 나는 부족한 것이 많습니다. 그러나 그 말씀이
'스스로 그러함'이라는 자연自然, 스스로 그러함의
이치인 순리順理에 닿아 있음은 알 것 같습니다. 이
것이 나는 참 좋습니다. 따로 공부하지 않아도 이렇
게 자연 속에 있으면서 내가 맑고 고요해지고 자연
이 되는 것 같아서입니다. 이것이 순리의 길이고, 나
의 치유로 가는 길이라고 생각하기 때문입니다.

내 똥은 흙이 될 수 없잖아

스물여섯

🌲

여름이 지나자 산사나무 열매가 빨갛게 익었습니다. 지난해에는 숲 바닥에 떨어진 빨간 산사나무 열매를 주워 설탕에 쟀다가 먹었는데, 올해는 술을 담가 산사춘을 마셔볼까 합니다. 바닥에 떨어진 열매 하나 먹어보니 새콤달콤한 맛이 괜찮습니다. 이러니 임금님이 산사나무 열매 산사자로 만든 산사병이나 산사정과를 간식으로 좋아하셨나 봅니다.

산사나무의 영어 이름은 메이플라워may flower입니다. 영국 사람들이 신대륙을 찾아 떠날 때 타고 간 배의 이름과 같습니다. 신대륙을 찾아 떠나던 사람들이 배 이름을 메이플라워호로 지은 이유는 산사나무를 예수의 나무로 여겼기 때문입니다. 산사나무의 흰 꽃이 예수의 순결을, 뾰족한 잎과 가지에 있는 가시가 예수의 고난을, 빨간 열매가 예수의 피를 상징하면서 호랑가시나무와 함께 오랫동안 예수를 상징하는 나무로 여겼습니다. 그 이름에 번개나 파도, 병마에서 예수가 보호해주기를 바라는 마음이 담겨 있습니다.

"바닥에 떨어진 거니까, 새들이 먹지도 않을 거니까 괜찮겠지?" 산사나무 빨간 열매를 마음 편히 줍다가 "숲에 그대로 있으면 흙이 될 텐데, 그러면 다시 나무로 돌아갈 수도 있을 텐데…" 미안했습니다. "하여튼 내가 먹고 흙이 되도록 해줄게" 했다가는 "아차, 내 똥은 흙이 될 수 없지" 다시 또 미안했습니다. "미안해, 흙이 되도록 해주지 못해서…" 내 똥한테도 미안했습니다. 아! 세상에 미안한 게 왜 이리 많은가요? 어쩌다 내 똥이 흙이 되지 못하게 됐는지, 어쩌다 내 똥이 거름이 되기는커녕 물을 더럽히는 주범이 됐는지, 내가 어쩔 수 없는 일로 왜 자꾸 미안한 일이 생기는지 모르겠습니다.

우리는 화장실을 집 안으로 들이고, 똥을 물로 쓸어버리면서 편리하고 깨끗해졌다고 좋아했습니다. 수많은 사람이 물로 쓸어버린 똥이 강과 바다를 더럽힐 거라고는 생각지 못했습니다. 하기야 요즘 사람 똥은 음식 속 방부제 때문에 썩지도 않는다니, 수세식 화장실을 바꾼다고 해결될 문제는 아니지만요. 내 똥이 흙이 되지 못하는 게 생명 순환에서 고리 하나가 끊긴 일이니, 또 어디에서 어떤 문제가 생길지 알 수 없습니다.

문명이 날로 발달하고 언뜻 편해진 것 같은데, 이어 나타나는 이런 문제가 모여 더 큰 문제가 되니 걱정입니다. 사람뿐만 아니라 지구에 사는 모든 생명이 속수무책 겪어야 하는 일이어서 더 큰 문제지요. 사람들이 한 발짝 앞도 보지 못하니, 만들고 그 문제 고치고 또다시 생긴 문제 고치고… 지금 세상은 '만들고 고치고 만들고 고치는' 연속입니다. 그걸 발명이라 정하고 문명의 발달이라고 말하며 다람쥐 쳇바퀴 돌리듯 사는 우리를 하늘에서 누군가 바라본다면, 인간은 참 웃기는 동물이라고 할지 모릅니다. 이게 다 지구 면적에 비해 사람이 너무 많아 생기는 일입니다. 지구에 적당한 사람 수는 2억 명 정도라니, 아무래도 지금 우리가 해결하기는 어려운 문제가 됐습니다. 우리는 너무 멀리 와버린 모양입니다.

얼마 전, 화분에 여러 꽃과 나무를 심고 가꾸는 분의 집에 다녀왔습니다. 화분에서 죽은 나무의 뿌리가 뭔가 만들 거리가 될 것도 같아 몇 개 들고 왔습니다. 일단 흙을 떨어내고 보니 그 모습이 슬펐습니다. 화분 안에서 뿌리들이 어디로 가지 못하고 복닥복닥 얼마나 답답했을까 싶었습니다. 이게 우리 지구의 모습이구나 생각했습니다.

지구의 많은 생명이 아픈데 내가 할 수 있는 일이 별로 없습니다. 나야 사람으로 태어난 죄로 달게 받겠지만, 죄 없는 생명이

화분 안에서 뿌리들이 어디로 가지 못하고

복닥복닥 얼마나 답답했을까요?

우리도 이렇게 살고 있다는 생각이 듭니다.

한 마디 못 하고 어려운 일을 겪는 것은 참 미안합니다. 그때마다 사람이 죄 많이 짓고 산다는 생각이 듭니다. 모두 맑고, 작고, 죄라고는 모르고 욕심 없이 사는 아름다운 생명인데 말입니다. 말 못 하는 생명도 바라보고 미안해하면서, 어떻게 하면 그들의 아픔을 줄일 수 있을지 생각해야겠습니다.

마음 치유 알음알이

오랫동안 영업하던 관광호텔이 무슨 사정으로 폐업하고 섬을 떠났는데, 섬에 사는 갈매기들이 모두 굶어 죽었답니다. 그 섬의 갈매기들이 대대로 그 호텔 음식물 쓰레기를 먹다 보니 사냥하는 방법을 몰라 굶어 죽은 겁니다. 야생성을 잃은 갈매기의 최후입니다. 그들의 잘못이 아니라는 게 슬픕니다.

비 내리는 여름 숲

스물일곱

비 내리는 여름 숲은 걷기에 참 좋습니다. 숲에 내리는 비는 커다란 일본목련 잎을 요정의 은빛 우산으로 만듭니다. 요정의 우산처럼 큰 일본목련 잎에 떨어지는 빗소리는 내 우산에 떨어지는 소리와 닮았습니다. 탁탁, 마음을 때리는 소리입니다. 여름 숲에 내리는 비는 솔잎 끝에 수정 물방울로 알알이 맺히기도 합니다. 그렇다고 비가 큰 나무에만 축복을 내리는 건 아닙니다. 이끼와 버섯, 작은 풀과 고사리까지 숲의 모든 생명을 적시며 숲을 단박에 태초의 원시림으로 만듭니다. 그때 나는 어쩔 수 없이 귀퉁이에서 숲 식구가 됩니다.

비 내리는 숲길 위로 작은 잎 하나가 떨어집니다. 비바람에 떨어진 나뭇잎을 주우려고 다가가니, 나뭇잎 모양 나방입니다. 나방이 가장 보잘것없는 죽은 나뭇잎 모습을 흉내 낸 것입니다. 자

어느 것이 나뭇잎이고 어느 것이 나방인지

구별하기 어렵습니다.

이러니 새에게 잡아먹힐 걱정은

하지 않아도 되겠지요.

작은 생명의 염원이 만든 모습일 거라는 생각에

고개를 숙입니다.

기를 보잘것없게 만드는 건 살기 위해서입니다. 그 모습에 연민이 고개를 듭니다. 그 간절한 마음이 내게로 건너왔습니다. 작고 약한 것의 영혼이 훨씬 고양된 정신을 품고 있는 건 단지 삶을 살기 때문일 것입니다. 말없이 사는 숲속 미물들이 나의 스승입니다.

마음 치유 알음알이

그 작은 몸 어디에 채울 게 있고 비울 게 있을까요? 작고 약한 것의 영혼이 훨씬 고양된 정신을 품고 있다는 말이 무슨 뜻인지 알 듯합니다. 그래서 작은 것이 아름다운 모양입니다. 우리가 더 작아지고 낮아져야겠습니다.

우리는 모두 꽃, 그저 다른 꽃

스물여덟

　　　　　얼마 전만 해도 까치수영이 대단하더니 요즘은 개망초가 한창입니다. 하나씩 보면 별스럽지 않은데 모여 있으니 멋집니다. 함께 하니 모두 빛이 납니다.

　까치수영과 개망초를 보며 내 아이들에게 '네 꽃은 왜 그 모양으로 생겼냐'고 야단했다는 것을 깨닫게 됩니다. 내 마음이 안 좋은 건 아무래도 그 때문인 듯합니다. 개망초한테 너는 왜 그 모양으로 꽃을 피웠냐고, 까치수영 같은 꽃을 피우라고 하면 안 되잖아요. 원래 다르게 생긴 녀석들한테 그런 주문을 하다니요. 내 잘못입니다.

　우리는 괜한 일로 속을 끓이며 살 때가 많습니다. 속을 끓이는 게 바로 만병의 근원이라는 스트레스입니다. 그런데 가만히 들여다보면 스트레스는 누가 주는 게 아니라 스스로 받는 것입니다.

까치수영

개망초

개망초가 모여 핀 들판에 있을 때는

마치 알프스 소녀가 된 듯 행복합니다.

개망초는 너무 흔해서

그 모습을 알아주지 않는 것이

섭섭할지도 모릅니다.

독일의 한 탄광에서 갱도가 무너져 광부들이 갇혔습니다. 이들은 외부와 연락이 차단된 상태에서 일주일 만에 구조됐는데 사망자는 단 한 사람, 시계를 찬 광부였다고 합니다. 불안과 초조가 그를 숨지게 한 것입니다.

거북은 위험이 닥치거나 곤란한 일이 생기면 등딱지에 머리를 넣고 숨지요. 볕이 따갑고 몸이 힘들면 그저 쉬었다 갈 뿐입니다. 거북처럼 순하고 여유로운 동물은 장수합니다. 그러나 사냥해서 먹고사는 맹수는 대개 명이 짧습니다. 사람도 마찬가지여서 욕심이 많고 이기고자 하는 사람, 화를 잘 내고 성질이 급한 사람, 뭐든 자기 마음대로 해야 직성이 풀리는 사람 중에 아프지 않고 오래 사는 경우가 적습니다.

인간의 삶에 어찌 좋은 일만 있을까요? 사람마다 기준이 다른데 어떻게 우리 삶이 100점이 될 수 있을까요? 세상 기준으로 보면 언짢고 궂은일이 더 많아, 우리 중에 낙제를 면하는 사람은 드물지도 모릅니다. 행복한 순간조차 잘 다듬어 갈무리하고, 힘든 시간은 지혜롭게 가꾸고 이겨내는 것이 100점으로 가는 길입니다. 낙천적이고 희망적인 사람은 병에 잘 걸리지 않지만, 병에 걸려도 빨리 낫습니다. 부정적인 생각과 불안이 질병을 가져온다면, 긍정적인 생각과 웃음이야말로 행복한 삶으로 가는 길입니다. 이렇게 사는 것이 세상을 사는 우리의 의무일 겁니다. 우리는 모두 행복하기 위해 태어난 것이 하늘의 뜻이니, 행복은 권리가 아니라 반드시 해야 할 숙제입니다.

어떤 일이 닥쳐도 기죽지 말고 의연하게 대처해야겠습니다. 오래 살고 볼 일이라서가 아니라, 사는 동안 편안하기 위해서입니다. 힘들다고 투정하며 나 혼자 잘 살겠다고 큰소리치고 으르렁댈 게 아니라, 사는 동안 '네가 있어 좋아, 다 고마워' 이렇게 살고 싶습니다.

마음 치유 알음알이

우리는 행복하기 위해 태어났습니다. 행복하게 사는 것이 세상에 태어난 나의 숙제입니다. 긍정적인 생각과 웃음으로 행복하게 살다 돌아가려 합니다. 많이 웃고, 나에게 박수를 보내는 삶이 나를 건강하게 합니다.

버찌가 나보다 낫네

스물아홉

내가 자주 가는 숲의 무궁화 울타리 옆에 뱁새 둥지가 나동그라져 있습니다. 울타리를 다듬던 아저씨들이 던져 버린 모양입니다. 생명을 낳고 키운 흔적을 함부로 다룬 것 같아 속상했습니다. 그러다가 문득 '선생님의 대머리' 이야기가 생각났습니다.

'낮에 커피를 마셔서인지 잠이 오지 않았다. 뒤척거리며 책을 보았는데 1시가 돼서까지 정신이 말똥말똥했다. 그래서 머리를 감았다. 그러다가 새벽에야 겨우 잠이 들었다. 잠을 못 자서 오늘은 너무 피곤했다.'

이렇게 쓴 선생님의 일기장에 누군가 손을 댄 흔적이 있더랍니다. 일기의 '머리' 글자 앞에 누군가가 갈매기를 그리고 '대' 자를 넣어 '대머리를 감았다'로 만든 것입니다. 학생이 일기를 훔

쳐본 것도 모자라 대놓고 장난질한 데 화가 난 선생님은 어찌어 찌해서 범인을 찾아내, 왜 그런 장난을 했느냐고 추궁했답니다. 그 학생은 친구들이랑 장난삼아 선생님의 일기를 훔쳐보다가 화 가 나서 그랬다고 하더랍니다. 자기 엄마는 새벽부터 시장에 나 가 장사하느라 집에 들어오면 제대로 씻지도 못하고 곯아떨어져 코를 고는데, 선생님이 기껏 커피 때문에 잠을 못 자 피곤하다는 게 투정 같았다고요. 그 말에 선생님은 학생을 야단칠 수만은 없 었다고 합니다.

그렇지요. 바쁘게 일하는 아저씨들한테 뱁새 둥지는 생명을 낳고 키운 흔적이니 함부로 다뤄선 안 된다고 했다가는 야단을 맞아 싼 일입니다. 새삼 생명, 공정, 진실, 정의를 적용하는 일이 참 어렵다는 생각이 들었습니다.

숲길을 걷다 보니 무궁화 가지 사이로 둥지가 보입니다. 또 빈 뱁새 둥지입니다. 이번에는 온전히 그 자리에 있습니다. 아무리 잎이 늦게 나오는 무궁화라지만, 아직 잎이 다 자라지도 않았는 데 둥지가 비었습니다. 얼마 전 나뭇잎이 없을 때도 보이지 않았 으니 묵은 둥지는 아닐 테고, 부지런한 뱁새가 벌써 이소를 마친 모양입니다.

그런데 빈 둥지를 들여다보니 버찌 두 개가 새알처럼 앉아 있 습니다. 빈 둥지를 보며 나는 기껏 '이 속에서 새끼들을 키웠겠구나' 짐작할 뿐, 새끼들을 모두 떠나보낸 둥지가 외로울 거라고는 생각도 못 했습니다. 무궁화를 내려다보던 버찌는 그게 아니었나 봅니다. 아직 어미의 마음이 남았을 빈 둥지가 안쓰러웠나 봅니다. 새의 마음을 헤아려 새의 부리 대신 둥지로 들어간 걸 보면 버찌가 나보다 낫습니다.

마음 치유 알음알이

숲 가장자리 떨기나무를 살펴보면 둥지를 어렵지 않게 만날 수 있습니다. 새끼를 키운 흔적인 둥지는 바라보기만 해도 따뜻함이 느껴집니다. 작은 새들은 떨기나무에 둥지를 만드니 찾기가 더 쉽습니다. 작은 새가 떨기나무에 둥지를 트는 것은 주로 길 가장자리에 있어 볕이 잘 들고, 누가 오는지 미리 살필 수 있고, 천적이 나타나면 도망가기 쉽기 때문입니다. 밑동이 굵지 않고 잔가지가 많으니 뱀이 올라오기도 어렵습니다. 작은 생명들의 삶의 지혜를 생각하면 마음이 따뜻해집니다.

뱁새 둥지

해바라기와 만다라

서른

나는 해바라기를 참 좋아합니다. 어릴 때부터 고개를 들어 올려다보면 파란 하늘 아래 딱 그곳에 노랗고 환하게 박힌 빛이 좋았습니다. 마땅히 우러러야 할 대상 같기도 하고, 오르고 또 올라 내가 닿아야 할 무언의 상징 같기도 했습니다. 어느 마당 넓은 집 뜰에 있는 해바라기를 담장 너머로 바라보다가, 급기야 그 집 문을 두드리고 조금만 팔라고 한 기억이 납니다. 초등학교 3학년 때쯤 일입니다. 어린 애가 그런 일로 남의 집 대문을 두드리다니…. 해바라기를 좋아하는 마음이 그만큼 간절했을 수도 있고, 어쩌면 나는 하고 싶은 일이 있을 때 용기가 생기나 봅니다. 그러다 서른 살이 넘어 안성길 시인이 쓴 '해바라기의 꿈'을 만났습니다. '오르고 싶다 / 그 무엇이 되어도 좋을 의지와 고통 빛나는 저기'라는 시구를 보고 그때 내 기분이 이런 거였으리라는 생각이 들었습니다.

해바라기는 국화과 식물입니다. 국화과 식물의 학명 *asteraceae*
는 '별'을 뜻하는 고대 그리스어 aster에서 왔습니다. 꽃 모양이 빛
나는 별을 닮았기 때문입니다. 재난을 뜻하는 disaster 역시 어원
이 같으며, '별aster이 사라진dis 상태'를 말합니다. 망망대해에서
북극성을 기준으로 길을 찾던 오래전 항해에서 비롯한 단어입니
다. 북극성이 구름에 가려 길 찾을 기준이 없어지니, 길을 잃고
떠도는 재난의 상태가 된 것입니다. 해바라기 꽃을 바라보면서
내 인생의 기준이나 표상을 떠올리던 어린 날의 막막함이 그 모
습과 무관하지 않다는 생각이 듭니다. 지상의 꽃을 통해 삶의 기
준을 상상하던 그 마음이 북극성을 그리워하는 존재 본연의 동
심 같기도 합니다.

아유르베다에서는 국화과 꽃의 만다라 문양이 자연스럽게 묵
상에 빠져드는 효과가 있다고 말합니다. 어쩌면 어릴 적 해바라
기가 내게 준 묵상이 괜한 것이 아니었는지도 모르겠습니다. 우
리가 좋아하는 꽃이 대부분 만다라 문양이라는 것도 새삼 생각
하게 됩니다. 모든 꽃은 죽어 해바라기가 되기를 꿈꾼다지요? 내
가 그랬듯 꽃들도 해바라기를 존경하는 모양입니다.

만다라 문양은 거의 모든 꽃에서 나타납니다. '지구는 웃고 있
다. 꽃을 보면 알 수 있다'라는 인도의 선시에서 만다라 문양의

전형인 '국화꽃이 피어서' 대신 '꽃이 피어서'라고 한 것은 이 때문일 듯합니다. 이 시는 꽃이 피어서 내가 웃고 내가 웃으니 지구가 웃은 과정으로 해석되면서, '내가 꽃이고 내가 지구'라는 의미를 새기게 합니다. 이는 별을 보고 있으면 어린 왕자 생각으로 언제든지 웃음이 난다는 법정 스님의 말씀과도, 개양귀비의 불꽃 같은 꽃잎이 바람에 나부끼는 모습에서 우주를 봤다고 한 루소의 고백과도 통합니다. 이들 모두에서 자연의 아름다움과 균형 잡힌 만다라 형상으로 대표되는 꽃, 그 바라봄이 갖는 상징성과 공감 그리고 내면 치유의 가치를 찾게 됩니다.

해바라기는 머리 모양을 한 두상화고, 통꽃(관 모양 중심화)과 설상화(혀 모양 주변화)로 구성됩니다. 큰 꽃의 통꽃은 많게는 2000개 정도 꽃으로 이뤄져 있습니다. 50~120개 되는 꽃을 익혀 동그랗게 씨앗을 매다는 민들레도 그렇고, 2000개나 되는 해바라기꽃이 씨앗으로 들어차는 것이 신기하고 신비롭습니다. 벌, 나비가 하나도 빼놓지 않고 다녀갔다는 증거이기 때문입니다.

해바라기는 해를 따라 움직이다 보니(솔라 트레킹, 해굽성) 이런 이름이 붙었습니다. 해바라기가 이렇게 움직이는 것은 광합성을 많이 하고 꽃을 데워 곤충을 부르기 위해서입니다. 해바라기 씨앗이 빼곡한 것이 꽃과 곤충, 하늘이 공조한 결과라는 생각을 하면 신비로움을 넘어 숙연해지기까지 합니다. 보이는 모든 것이

리빙스턴데이지처럼

원예종으로 개량한 꽃에서 만다라 형상이 더 선명합니다.

구릿대는 낱낱 꽃으로도,

꽃차례에서도

만다라 형상을 보여줍니다.

등대풀은 잎도 꽃에 맞춰 만다라 형상으로 자랍니다.

그 모습이 신비롭습니다.

장미꽃처럼 생긴 개잎갈나무 솔방울입니다.

뒷면에 핀만 붙이면 그대로 멋진 브로치가 됩니다.

열매까지 만다라 모양인 게 신기합니다.

기적입니다.

해바라기와 나팔꽃, 분꽃이 해굽성이 있다면, 달맞이꽃은 '달굽성'이 있다고 해야 할까요? 식물의 생리를 알고 그 기적에 손뼉을 치려 들면 끝이 없을 테니 이만 그쳐야겠습니다.

우리 조상들이 국화꽃이 피는 달〔菊月〕이라고 한 9월에는 쑥부쟁이며 구절초, 노란 산국이 산에 들에 피어날 것입니다. 쑥부쟁이와 구절초를 구별하지 못하고 들길을 걸어온 자신과 절교하겠다는 안도현 시인의 옹졸한(?) 마음에 미소가 떠오릅니다.

마음 치유 알음알이

꽃을 바라보면서 모양은 제각각이나 누구에게나 꽃은 피고, 누구에게나 친구는 찾아오고, 누구에게나 열매는 약속되어 있다는 이야기를 들을 때 우리는 모두 꽃이 됩니다. 우주의 만물과 자신을 연결해서 돌아볼 때, 우리는 몸-마음-영혼의 치유에 다가설 수 있습니다.

가을 숲의 이슬떨이

서른하나

나무나 풀에 물이 맺히는 걸 일액현상溢液現像, guttation이라고 합니다. 뿌리로 빨아올린 수분이 액체로 배출되는 현상으로, 낮과 밤의 기온차가 큰 가을 아침에 주로 나타납니다. 이른 아침에 '나무 비'가 내리고, 풀숲을 지날 때 바지 아래쪽이 모두 젖는 게 이 때문입니다. 대기에서 수증기가 식물 표면에 맺히는 이슬과 다릅니다. 여름과 가을 아침 숲에는 보통 일액현상과 이슬이 모두 나타납니다. 일액현상은 집 안에서 몬스테라나 알로카시아처럼 잎이 큰 식물을 기르면 잎끝에 맺히는 물방울로 볼 수 있고, 숲에서는 오이풀 홑잎 끝이나 쇠뜨기 끝에 알알이 맺힌 물방울이 눈에 띕니다.

일비 현상溢泌現像, exudation, bleeding이라eh도 있습니다. 식물의 손상된 부위에서 물이 떨어지는 현상을 말하는데, 고로쇠나무 수액

오이풀 홑잎에 나타난
일액현상입니다.
잎끝에 맺힌 물방울이
보석 같습니다.

쇠뜨기에 나타난
일액현상이
아름답습니다.

이슬은 밤낮의 기온차가 클 때
대기 중에 있던 수증기가
식물 표면에 응축돼 나타납니다.

채취가 이에 해당합니다. 봄은 사람이나 동물이나 먹을거리가 부족한 때입니다. 그래서 춘궁기라 했는데, 나무에 물오르는 때이기도 하지요. 새들은 이를 어찌 알고 나무를 쪼아대 물을 먹습니다. 단물이 든 건 어찌 알았는지, 새들이 주로 고로쇠나무 같은 단풍나무과 나무를 쪼아대는 모습을 보면 참 신기합니다. 이르게 나온 곤충들이 물을 취하기 위해 나무에 상처를 낼 때도 일비현상을 볼 수 있습니다. 이른 봄 층층나무에 끝검은말매미충 여러 마리가 달라붙어 즙을 빨아 먹을 때는 붉은 수액이 피 흘리듯 비가 되어 떨어져 내리기도 합니다.

이슬떨이라는 우리말이 있습니다. '이슬이 내린 길을 걸을 때 맨 앞에 서서 가는 사람'을 말합니다. 주로 일교차가 큰 가을 아침에 풀숲을 걸을 때 앞선 사람의 바짓단이 이슬과 일액현상으로 흥건히 젖습니다. 이슬떨이란 '아무도 가지 않은 길을 앞서가는 사람' '어려운 일에 나서서 헤쳐 나가는 선구자'를 이르는 말로 쓰입니다.

내가 지금까지 잘 살아온 것은 내 앞에 수많은 이슬떨이가 닦은 길 덕분입니다. 맨 앞 이슬떨이가 이슬을 떨겠다고 다음 사람의 바짓단이 젖지 않는 것은 아닙니다. 그러나 많은 사람이 길을 이어갈수록 이슬은 차츰 적어져 저 뒤의 누군가는 더 편하고 마른 길을 걷게 됩니다. 우리 앞의 사람들이 자기 살길과 무관하게 만세를 부르고 촛불을 든 것은 모두 뒤따라오는 이들에게 이런

물이 얼고 먹을 것이 부족한 춘궁기에 새들은 나무를 쪼아 물을 구합니다.

사진은 직박구리가 단풍나무를 쪼아댄 흔적입니다.

단맛이 있으니 직박구리 허기가 조금 가셨을 것도 같습니다.

친구들 따라가느라 급히 찍다 보니 사진이 삐뚤어졌습니다.

길을 만들어주고자 함이었을 겁니다. 나 또한 누군가가 이슬을 걷어낸 그 길 덕에 편히 걸어올 수 있었습니다. 그러니 내 뒤를 따라오는 이들의 이슬을 떨어줘야 할 빚을 안고 있겠지요.

　내 앞의 이슬을 떨어준 이가 비단 사람뿐일까요? 아닙니다. 나무가, 꽃이, 세상에 살다 간 뭇 생명이 모두 우리의 이슬떨이였을 겁니다. 언젠가 그들의 길이었으면서 지금은 내가 걷는 길, 앞으로 내 아이들과 뭇 생명이 걸어갈 길이 모두 행복하게 걸어가는 이슬떨이의 길〔道〕이 되면 좋겠습니다.

마음 치유 알음알이

아침 숲에서는 나뭇잎마다, 작은 풀잎마다, 하다못해 이끼에도 송송 맺힌 이슬을 볼 수 있습니다. 이 풍경은 이슬처럼 사라지는 존재인 인생에 비유되기도 하지만, 지금 이 순간이 아름답고 소중하다는 걸 알게 합니다. 이슬은 지금 이 순간을 살아야 하는 이유와 지금 이 순간이 축복이라는 걸 알려줍니다.

가을 엽서

서른둘

촛

　　　　　가을 숲길을 걷는 동안 나뭇잎이 분분히 떨어집니다. 그 모습에서 세상 숙제하느라 매달려 있다가 제 갈 길 떠나는 가벼움을, 숙제를 무사히 마친 여유로움을, 미련 없고 자취 없음의 자유를 봅니다. 그리고 새들의 날갯짓을 봅니다. 싸리의 짧은 잎이 떨어질 때는 자기 발치를 오르내리는 참새의 날갯짓이, 상수리나무 긴 잎이 바람을 타고 내려앉을 때는 너른 날개를 펼치는 까치의 한가함이, 개울가 플라타너스 너른 잎이 느리게 날아내리는 모습에는 해오라기의 평화가 담겨 있습니다.

　그렇게 떨어지는 낱낱의 가을 엽서에 무슨 이야기가 있을까 헤아려봅니다. 햇볕 따스한 봄날의 이야기일까? 하나둘 꽃을 매달 때의 설렘일까? 바람에 온몸이 날아갈 듯한 두려움일까? 그래도 삶에는 맺고 남겨야 할 무엇이 있다는 말이 적혀 있을까?

대체 무슨 이야기를 들려주고 싶어 내 발길을 멈추게 하는지 들여다보고 싶어집니다.

그러나 알 수가 없습니다. 싹 내고 꽃 피우고 긴 시간 나무에 매달려 있던 그 많은 이야기를 알 수 없으니, 나는 고작 "힘들었지? 홀가분하지? 이제 쉬어야지. 애썼어. 잘했어. 잘 가~" 이런 말을 건넬 뿐입니다. 나뭇잎 하나가 우주라는 이성선 님의 시에 기대어 그대로 '멈춤' 하는 수밖에 없습니다.

마음 치유 알음알이

가을 낙엽 한 장에 우주가 들어 있다고 생각하면 아득하면서도 더없이 고맙습니다. 내가 낙엽 한 장만큼 가벼워지기 때문입니다. 어찌 살아야 하는지 어찌 돌아가야 하는지 알 것 같기도 하고, 나 또한 우주라고 생각되기 때문입니다. 가을은 우리를 철학자로 만듭니다.

꽃이 된 노란 잎

서른셋

숲길에서 노랗게 빛나는 마 잎을 만났습니다. 다른 친구들은 아직 푸른데, 마음이 급했는지 몸을 둥글게 만들어 '나 여기 있어, 나 좀 봐줘' 하듯 작고 노란 얼굴을 내밉니다.

봄부터 그곳에 있었을, 노랗게 색을 바꾸지 않았으면 알아볼 턱이 없는 녀석입니다. 어쩌면 녀석은 잘나고 똑똑한 친구들 속에서 주눅 들어 봄여름 내내 한 번도 눈길 받아본 적 없었을지 모릅니다. 어릴 적 나처럼 말입니다. 지금은 기다란 '덩굴 얼굴'이 노랗게 빛납니다. 긴 덩굴 얼굴은 네로 황제의 황금빛 왕관보다 멋지게 푸른 향나무를 가로질러 노랗게 늘어졌습니다. 숲 바닥을 기던 담쟁이덩굴 잎도 장미처럼 붉게 물들었습니다.

작든 크든, 어떤 생명이나 살면서 한 번은 온 세상의 기립 박수를 받을 때가 있다지요? 그래야 한다지요? 이 친구들은 지금이

꽃이 된 마 잎입니다.

어릴 적 나처럼 한 번도 눈길 끌어본 적 없던 친구들이

꽃처럼 빛나는 시간입니다.

그 속에 기나긴 기다림이 있습니다.

'잘했어, 잘했어!' 나는 이들에게 박수를 보냅니다.

그때인 모양입니다. '그간 잘 살았구나. 잘했어, 너 지금 진짜 멋있는 거 알지?' 나는 친구들 앞에서 힘차게 박수를 보냅니다. 이 친구들은 쓸데없는 생각은 하지 않고 그저 살았을 겁니다. 말은 안 하고 들으면서 움직이기만 했을 겁니다. 단지 깨어 있었을 겁니다. 그러니 이 친구들이 잘 산 겁니다.

그들을 바라보고 그들이 지내온 시간에 손뼉을 치면서 나는 왜, 어떻게 이 세상에 왔을까 생각합니다. 내가 얼마나 아름다운 길을 걸어왔고, 아름다운 시간을 살아왔는지, 지금도 얼마나 아름다운 시간 속에 있는지 알게 됩니다. 깨어 있는 마음이 나를 진정으로 살아 있게 하는 힘일 겁니다. 이번에는 나에게 손뼉을 칩니다. '그간 수고 많았어, 너 지금 진짜 멋있어.'

오늘의 스승은 노랗게 환한 얼굴로 찾아온 마 잎입니다. 지금 내가 할 일은 그저 살아냄으로써 오늘에 이른 노란 잎에 손뼉을 치는 것입니다. 이것이 나에게 손뼉 치면서 사는, 잘 사는 일일 것입니다.

마음 치유 알음알이

깨어 있을 뿐, 그저 살아내면 됩니다. 말은 안 하고 들으면서 움직이기만 하면 됩니다. 그러면 박수 받는 날이 옵니다. 사람 말고 다 그렇게 삽니다.

막핀꽃과 불안의 꽃

서른넷

가끔 숲길을 걷다 보면 때아니게 핀 꽃을 만납니다. 늦가을이나 한겨울에 피어난 개나리나 철쭉, 벚꽃을 만나기도 합니다. 이런 현상은 주로 나무에서 나타납니다. 여름내 잘 만든 겨울 꽃눈이 때를 모르고 싹을 틔운 겁니다. 특히 볕이 잘 드는 곳에 있던 친구들에게 이런 일이 일어납니다. 일찍 나와서 다시 닥친 추위에 얼어 죽기도 하니 안타까운 일입니다. 때아니게 홀로 피어난 꽃을 막핀꽃reflorescence이라고 합니다.

겨울에 어느 하루 봄처럼 따뜻하다고 나무가 꽃을 피우진 않습니다. 따뜻한 날이 어느 정도 이어져 나무의 DNA에 입력된 온도만큼 쌓이면 '아, 이제 봄이 왔구나, 나가도 얼어 죽지 않겠구나' 하면서 꽃을 피우는 겁니다. 이렇게 나무들이 계산하는 온도를 적산온도積算溫度라고 합니다. 나무마다 꽃을 피우는 때가 다

은행나무가 둥치에 실한 은행을 매달았습니다.

이른 봄 아무도 모르게 꽃을 피운 모양입니다.

이런 둥치에서 꽃 피우고 열매를 익히다니,

아무래도 살기 어려운 도시에서 나무가

생명의 위협을 느꼈기 때문이 아닐까 생각이 듭니다.

숲, 그 치유 속으로

이고들빼기는 가을 숲에서 흔히 꽃을 피우는 들국화입니다.

보통 50센티미터, 크게는 1미터 이상 자라는데,

콘크리트 길 사이에 뿌리를 내린 이 친구는 5센티미터가 될까 말까 합니다.

'그래도 기어이' 꽃을 피운 작은 거인의 외침이 들리는 듯합니다.

른 것은 적산온도가 다르기 때문입니다.

막핀꽃은 식물에 적산온도가 때아니게 입력돼서 나타나는 경우로, 옛날보다 따뜻해진 겨울에 따뜻한 날이 이어져 생깁니다. 특히 양지에서 볕을 많이 받는 나무가 헷갈려서 막핀꽃을 피우는 경우가 많습니다. 그러니 나무가 철이 없다느니 바보라느니 하는 말은 나무 입장에서 조금 억울한 일입니다.

막핀꽃과 비슷하면서도 다른 불안의 꽃Angstblüte이 있습니다. 앙스트블뤼테는 '불안'을 뜻하는 독일어 앙스트Angst와 '꽃'을 뜻하는 블뤼테Blüte가 합쳐진 말로, '죽을 것 같은 위기의 순간에 피는 꽃'을 말합니다. 불안의 꽃은 철을 가리지 않고 불안할 때 피어납니다. 숲에서는 불안의 꽃이 종종 보입니다.

불안의 꽃에는 어둡고 깊은 나락으로 빠져도 좌절하지 않고 솟구쳐 오르는, 불안 속에서도 기어이 빛을 찾고 꽃을 피워내는 작은 거인의 힘이 있습니다. 모든 것을 잃은 것 같지만 '봐라, 나는 아무것도 잃은 것이 없다'며 꽃을 피워내고야 마는 힘찬 함성이 있습니다. 불안의 꽃을 보는 순간 내 마음은 감동의 도가니에 빠져 절로 박수가 나옵니다. 죽을 것 같은 위기가 새 생명으로 태어나고, 그 빛이 나를 채웁니다. 오늘도 고맙습니다! 나는 또 고마운 세상에 손뼉을 칩니다.

마음 치유 앓음앓이

작은 친구들이 나를 손뼉 치게 하고, 자기보다 훨씬 큰 내 몸과 마음을 움직입니다. 그들로 데워진 마음과 그들에게 보내는 박수가 나를 건강하게 합니다. 그러니 이들이 작은 거인입니다.

계수나무 향기 가득한 숲

서른다섯

가을이 깊어지면 나무는 빛을 잃은 잎을 털어내고 홀연히 구도자가 됩니다. 그 모습이 의연하기만 합니다. 한철 뜨겁게 살아온 시간이 만든 당당함입니다. 이윽고 깊은 침묵으로 들어갈 준비가 된 의연함입니다. 이제 나무가 벗어던진 침묵의 향기만 이 숲에 남을 겁니다.

숲을 달콤한 향기로 채우던 계수나무는 어느 날 홀연히 옷을 벗고 의연하게 겨울을 맞이합니다. 향기만 남겨두고 거기 우뚝 서서 기다립니다. 나는 아직 어디로 가야 할지 몰라 머뭇머뭇 비틀거리는데 말입니다.

11월에는 눕고 싶습니다. 한철 시름 모두 벗어던진 겨울나무 옆 양탄자 위에, 그 향기에 그대로 묻혀 빛도 소리도 없는 긴 잠이 자고 싶어집니다. 낙엽 같고 번데기 같은 단잠이, 빛과 날개를

옷을 벗고 맨몸으로 홀연히 세상 한가운데 우뚝 선 계수나무가

선지자를 닮았습니다.

얻는 벌레의 긴 잠이 자고 싶어집니다.

　모두 돌아가는 계절이라서 그럴까요? 가을에는 '나는 잘 살았
는지, 돌아가면 뭐라 하실까' 같은 생각이 듭니다. 내가 잘 살았
는지 모르겠습니다. 언젠가 하늘로 돌아갔을 때 하늘 위 그분이
잘 살았다 하셨으면 좋겠습니다. 내가 침묵에 빠진 계수나무에
게 수고했다, 잘했다 손뼉 치듯이 말입니다.

마음 치유 알음알이

계수나무 향기는 달고나 향기나 솜사탕 향기와 비
슷합니다. 가을 숲을 걸으며 솜사탕의 달콤한 향기
를 따라가 보세요. 행복을 만날 겁니다.

숲, 그 치유 속으로

나 돌아갈래

서른여섯

숲속에 돌배나무는 있는데 배나무는 안 보입니다. 고욤나무는 있는데 감나무는 안 보이고, 개머루는 많은데 포도는 보이지 않습니다. 숲은 과수원이 아니라서 그런가요? 그러니 배나무나 포도, 감나무가 없는 게 당연한가요? 그 숲에서 먹다 버린 배의 씨며, 후 뱉어낸 감의 씨, 먹다 뱉은 포도 씨는 다 어디로 갔을까요? 그냥 흙으로 돌아갔을까요?

배나무나 감나무나 포도가 보이지 않는 건 숲에서 그 씨앗이 원종으로 돌아갔기 때문입니다. 과수원에서 나오는 과일은 씨방을 크게 개량한 것인데, 씨방만 커지고 밑씨는 그대로이기 때문에 개량한 과일의 씨앗을 심으면 원종이 나옵니다. 원종으로 돌아가는 까닭은 씨앗 번식에 유리하기 때문입니다. 그래서 어린 고욤나무를 사람이 다니는 길옆에서 흔히 볼 수 있기도 합니다.

사과, 배, 감 같은 열매는 너무 커서 새의 배 속으로 들어갈 수 없습니다. 그래도 새는 먹어야 하니 씨앗은 새의 배 속으로 들어가지 못하고, 콕콕 쪼아대는 새의 부리에 열매만 망가집니다.

열매의 씨앗은 새의 배 속으로 들어갔다가 나와야 흙에 잘 뿌리 내릴 수 있습니다. 나무는 새의 입에 들어가 어디엔가 씨앗을 심기 위해 많은 정성을 기울입니다. 봄에는 꽃을 피우고, 여름부터 가을 내내 달콤한 맛이며, 새의 배를 채울 육질이며, 새가 잘 볼 수 있는 붉은색에 새가 먹기 좋은 크기로 열매를 만듭니다. 그렇게 다 잘해도 땅에 뿌리를 내릴까 말까 한데, 뿌리 내리기가 얼마나 어려운 일인데…. 그것을 아는 씨앗이 옛날로 돌아가려고 할 수밖에요. 시장에서 산 과일을 먹다가 씨앗을 보면 씩 웃음이 납니다. '나 옛날로 돌아갈래!' 하는 씨앗의 소리가 들리는 듯해서요.

씨앗이 땅에 뿌리를 내리기가 얼마나 어려운지 알면 도시의 보도블록 틈에 피어난 민들레나 돌담 틈에 뿌리 내린 오동나무가 얼마나 대단한지 알게 되고, 세상에 뿌리를 내린 그 자체가 축복이라는 걸 깨닫습니다. 사람으로 태어나기가 눈먼 거북이 너른 바다에서 나무판자를 만나는 것처럼 어려운 일이라고 하신 부처 말씀을 떠올리면 지금 내가 세상에 존재하는 자체가 기적이자 축복입니다.

오동나무가 축대 돌담 틈에 자리 잡았습니다.

작은 씨앗이 바람에 날아와 앉은 모양입니다.

이곳에서 흙이며 물이며 어찌 살까 걱정이 됩니다.

사람이 쉰 살이 넘으면 숲을 바라보기 시작하는 것도 돌아가고 싶은 본능 때문일까요? 그곳이 우리가 온 곳임을 본능적으로 알기 때문일까요? 어쩐지 그럴 것 같습니다. 요즘 세상은 기계의 세상입니다. 내 피가 기억하는 옛날의 세상이 아닙니다. 쉰 살이 넘었고 내 피가 지금의 기계 세상이 마음에 안 들기도 하니, '나 옛날로 돌아갈래!' 하는 그들의 말이 바로 내 마음 같습니다. 나도 숲에 살던 옛날로 돌아가고 싶어요.

마음 치유 알음알이

나무나 풀은 해마다 수많은 씨앗을 만들지만, 그중에서 싹을 틔워 땅에 뿌리를 내리는 씨앗은 극히 적습니다. 생명이 그렇습니다. 나도 그렇게 태어났을 겁니다. 나라는 존재가 선택받은 생명이란 걸 알겠습니다.

생명, 그 소중함에 대하여

서른일곱

젊은 날에는 가을이 참 쓸쓸하고 허전했습니다. 곧 다가올 겨울을 바라보며 '나는 뭔가 거둘 게 있나? 뭔가 익히긴 했나? 언제 내 삶을 살아본 적이 있던가?' 하는 고민으로 가을에는 어김없이 쓸쓸하고 허전했습니다. 나이 들어 맞이하는 가을은 젊은 날과 다릅니다. 참 편안합니다. 수많은 고민과 갈등을 겪고 나니 내려놓는 것이 무엇인지, 남은 것도 어차피 다 버리고 갈 것을 알기 때문입니다.

'어둠의 터널을 많이 지나왔으니 지금의 나라는 존재 자체가 수확이지. 그러면 된 거 아냐? 이만하면 잘 산 거 아냐? 나 생긴 게 이런데 얼마나 더 잘할 수 있겠어?' 지금은 이렇게 뻔뻔해졌습니다. 배짱도 생겼습니다. 솔직히 배짱이라기보다 어차피 인생은 그 답을 찾지 못할 거라는 눈치를 삶의 지혜인 척 포장하고 있는지도 모릅니다. 내 한계를 인정하고 욕심을 내려놓으면서 많이 편안해졌지요.

열정이라는 이름으로 내 젊음을 학대한 것도, 능력 이상 욕심을 낸 것도, 자책하며 괜한 허세를 부린 것도 나의 모자람을 포장하느라 그런 거란 생각이 듭니다. 그래도, 터무니없지만 말입니다. 그런 욕심이나 허세라도 없었으면 지금 나는 완전 빈 깡통이었을 겁니다. 그 잘난 자존심 하나로 어둠의 터널을 지나 지금의 나에게로 왔을 테니까요. 사탄이 밖에 있지 않고 내 자존심이고 에고라지만, 그 에고마저 없었다면 지금의 내게로 오지 못했을 겁니다.

요즘 같은 가을날, 벚꽃이 만개하던 벚나무 아래를 지날라치면 콩알 같은 씨앗이 무수히 밟힙니다. 모두 봄날의 연분홍 꽃이 붉고 달콤한 열매로 여물었다 떨어진 버찌의 씨앗입니다. 열매가 붉게 익는 것은 붉은색을 잘 알아보는 새의 눈에 띄어 그 배 속으로 들어가고자 함이고, 열매가 새의 배로 들어가고자 함은 그 속에서 씨앗을 잘 발효하고, 새의 날개를 타고 날아가서 멀리 살기 좋은 곳에 새 생명으로 태어나기 위함입니다. 새의 수고로움에 답하고자 만든 새콤달콤한 육질이 모두 흙으로 스며들어 이제는 돌덩이처럼 딱딱해진 씨앗만 남았으니, 이 친구들은 새의 배 속으로 들어가 새 생명이 되기는 글렀습니다.

나무가 꽃을 피울 때 가장 많이 힘을 쓴다는데,

자식이 대체 뭘까 생각하게 됩니다.

장미과 식물은 꽃의 10퍼센트만 씨앗을 맺고, 씨앗을 맺었다고 해도 새가 먹을 만큼 익는 건 10퍼센트뿐이랍니다. '그렇게 적어?' 하겠지만, 오렌지나 귤 같은 운향과 식물이 1퍼센트만 씨앗이 되는 것에 비하면 장미과 식물의 씨앗 성공률은 양반입니다. 씨앗이 나무가 되기 이토록 어려운 게 어찌 보면 당연한 일입니다. 저 많은 씨앗이 모두 벚나무가 된다면 우리가 사는 땅은 벚나무로 넘쳐날 테니까요. 나무가 그것도 모르고 온 힘을 다해 1년 내내 그 많은 꽃을 피우고 열매를 맺었을 리 없습니다. 나무는 모든 걸 알면서 내 새끼 하나라도 만들었으면 하는 바람으로 무수히 꽃을 피우고 열매를 맺었을 겁니다. 내 새끼 하나 만들려면 수많은 생명을 보시해야 하는 걸 알았을 겁니다. 벚나무 숲에서 생명들이 오고 가고 변하는 모습을 보니 씨앗 어미의 간절한 기도가 들리는 듯합니다.

　　나도 이렇게 태어났을 겁니다. 내가 수많은 생명을 밟고 여기에 왔고, 그들의 희생 덕에 지금 여기에 존재한다는 생각이 듭니다. 그것이 오늘도 내가 더 많이 사랑하고 더 맑고 넓어지고 깊어져야 하는 이유겠지요.

마음 치유 알음알이

맨발로 숲길을 처음 걸었을 때의 감동을 지금도 기억합니다. 그때 나는 단박에 자연과 하나가 됐다는 느낌이 들었습니다. 그 느낌이 얼마나 강한지 우리를 자연과 떼어놓은 원흉은 신발이 분명하다고 생각했습니다. 우리는 자기 발바닥을 느낄 일이 많지 않습니다. 걸을 때조차 생각이 온통 머리 쪽으로 쏠려 있지, 발바닥에는 관심이 없습니다.

맨발 걷기는 나와 지구의 만남입니다. 우리가 지구와 맨발로 마주할 때(earthing, grounding) 지구는 우리 몸의 정전기를 자연스럽게 가져갑니다. 그 결과 혈액순환이 좋아지고, 코르티솔이 균형을 찾습니다. 잠도 잘 자게 됩니다. 벚나무 씨앗이 있는 숲길에서 맨발 걷기는 지압 효과까지 보태져 혈액순환을 더 좋게 합니다. 씨앗이 둥글고 크기가 고르다 보니 느낌도 괜찮습니다. 어디든 적당히 편안하고 인적이 드문 곳을 찾아 꾸준히 맨발 걷기를 하면 건강에 좋습니다.

품위 있는 죽음에 대하여

서른여덟

초

　　단풍 숲 그늘, 햇볕 한 줌 따사하게 비치는 벚나무 낙엽 위에 베짱이 한 마리가 앉아 있습니다. 도망가지 않고 볕을 쬐는 모습이 햇볕이나 가리지 말고 비키라는 그리스 철학자 디오게네스 같습니다. 가을은 베짱이도 철학자로 만드는 모양입니다. 하긴 베짱이나 디오게네스나 자기 몸 이야기에 솔직한 것이 자연이고, 그것이 가장 훌륭한 철학이겠지요. 철학이니 발명이니 어쩌면 다 자연에 인간이 반응하는 정도고, 베짱이의 저 태도나 잘난 사람이나 다 자연이 만드는 자연스러운 모습일 테니까요.

　　산제비나비가 기어갑니다. 날개 달린 생명이 날지 못하고 기는 걸 보니 떠날 때가 머지않은 듯합니다. 기면서도 걸음을 멈추지 않는 것이 떠날 자리를 찾는가 봅니다. 마지막 가는 길, 꽃에

벚나무 낙엽에 앉아
햇볕을 쬐는 베짱이가
그리스 철학자 디오게네스 같습니다.

명을 다한 산제비나비가 떠날 자리를 찾는가 봅니다.
'잘 가라, 애썼다, 수고했어.'
나는 떠나는 생명에게 작별 인사를 합니다.

묻혀 꽃향기 속에서 떠나라고 나비를 내 손 우물에 담아 산국 더미에 놓아줍니다. 아니랍니다. 자꾸 기어 내려옵니다. 할 수 없습니다. 원하는 대로 뒤야지요.

 '잘 가라, 애썼다, 수고했어.' 나는 떠나는 나비에게 작별 인사를 합니다. 날지 못하고 기는 이 친구는 기지도 못하면 버둥댈 것입니다. 그러다가 숨이 멎는 그 자리에 영원한 터를 잡겠지요. 저 모습 어디에서 죄를 찾을 수 있을까요?

 오솔길 한쪽에 죽은 두더지 한 마리가 보입니다. 죽은 지 꽤 되는 듯 청동색 금파리가 여럿 붙어 있습니다. 죽음은 무서운 것, 쥐는 더러운 것, 게다가 죽은 두더지라니! 처음엔 나도 화들짝 놀랐습니다. 잠깐 사이에 이성을 찾고 누군가 나처럼 놀랄까 봐, 그러다가 죽은 두더지를 발로 차버리기라도 할까 걱정이 돼서 두더지를 사람 눈길과 발길이 닿지 않는 곳에 옮겨놓고 작별 인사를 했습니다.

 '잘 가라, 애썼다.' 놀라기보다 이 말부터 해야 했는데…. 죽은 두더지한테 미안한 생각이 들었습니다. 썩어가는 녀석의 몸 위에 들끓는 구더기도 괜찮았습니다. 청소하고 있다고 생각하니 고마웠습니다.

마음 치유 알음알이

생명과 작별 인사를 나누면서 나는 매일 행복 속에
삽니다. 미물의 삶에서 내 삶의 길을 찾으며 나도 날
마다 그들처럼 살아야 할 거라고 배웁니다. 그러니
나의 행복은 그들에게서 오는 것입니다. 지금 행복
한 시간이 힘들고 때로 쓸쓸한 날이 와도 오늘을 생
각하며 고마워할 것을, 나를 가르치는 그들의 고마
움을 잊지 않을 것을 다짐하게 합니다. 서양에서 동
물의 죽음을 사람의 죽음처럼 바라보기 위한 동물
죽음학animal thanatology을 연구하기 시작했다지만, 대
부분 반려동물에 관한 것입니다. 이런 움직임을 시
작으로 모든 동물의 생명과 죽음을 사람의 생명이
나 죽음과 다르지 않게 생각하는 날이 왔으면, 그런
세상에 살았으면 좋겠습니다.

숲의 주인과 손님

서른아홉

　　　　　가을 숲길에서 구렁이를 만났습니다. 제법 굵고 길이도 족히 1미터가 넘을 듯한 녀석이 딱 버티고 있으니 깜짝 놀랄 수밖에요. 그 순간 나보다 구렁이가 놀라는 게 큰 문제라고 판단해, 내 입을 손으로 틀어막았습니다. 순간적이지만 내 판단과 행동이 마음에 들었습니다. 구렁이가 원래 그 숲의 주인이고 나는 놀러 온 손님이니, 손님이 주인을 놀라게 해선 안 되기 때문이지요.

　구렁이 같은 숲의 주인을 놀라게 하면 안 된다고 생각하는 것, 모기가 사는 곳으로 들어온 이상 모기가 가져가는 피 한 방울이 내가 모기를 죽일 이유는 안 된다고 생각하는 것, 나비가 한적한 길에 내려앉아 물을 먹고 있을 때는 걸음을 멈추고 기다려주는 것, 아직 세상을 모르는 어린 산비둘기가 땅 위에서 먹이를 구할 때 놀라지 않도록 살금살금 멀리 돌아가는 것, 애벌레들이 살을 붙이고 댓잎에 다닥다닥 붙어 있을 때 해로운 생명이 아니라 더불어 사는 생명으로 바라보는 것… 나는 숲에서 이런 식으로 생각하고 행동하는 내가 맘에 듭니다.

자연에 있는 모든 존재를 그 자리에 있어야 할 존재로 여긴 결과, 어쩌면 그들에게 크고 작은 피해를 당하는 일이 생길지도 모릅니다. 그런 이유로 그들을 멀리하거나 해코지할 순 없습니다. 나는 언제나 그들을 자연의 주인으로 여기고 내가 이방인임을 잊지 않을 겁니다. 인간이 자연 속에서 그들에게 미안한 마음을 갖지 않는 것은 실로 부끄러운 일임을 기억할 겁니다.

방금 차바퀴에 깔려 죽어 혼도 떠나지 않았을 뱀을 두고, 뱀은 죽어도 된다고 말하는 사람을 만났습니다. 나는 뱀이 아니면서도 뱀처럼 그 사람을 확 물어버리고 싶었습니다. 뱀한테 한없이 부끄럽고 미안했습니다. 과연 이 세상에 마땅히 죽어야 할 이유가 있는 생명이 있을까요?

'그러게 왜 사람 다니는 길로 나왔어? 사람들이 나빠. 미안해, 잘 가' 하며 공작단풍 아래 묻었습니다. 화사花蛇는 벌써 흙이 되어 공작단풍의 줄기 하나 정도는 만들었을 겁니다.

마음 치유 알음알이

아스팔트 바닥에 맨살을 긁히면서 길을 찾는 앞 못 보는 지렁이를 구해주는 일이나, 둥지 잃은 아기 새 한 마리를 둥지에 데려다주는 일이 세상을 통째로 구하는 일인지도 모릅니다. 생명의 가치를 실천하는 일이기 때문입니다.

매미나방과 나의 케렌시아

마흔

　　'투우사와 싸우던 소가 잠시 쉬며 숨을 고르는 곳'을 스페인어로 케렌시아querencia라고 합니다. 투우사는 케렌시아에 있는 소를 공격해선 안 됩니다. 케렌시아는 경기장 안에 정해진 공간이 아니라 투우 경기 중에 소가 본능적으로 자신의 피난처로 삼은 곳입니다. 이렇게 케렌시아는 '세상의 위험에서 안전하다고 느끼는 곳' '힘들고 지쳤을 때 쉬며 기운을 얻는 곳' '본연의 자신에 가장 가까워지는 곳' '피난처' '안식처' '회복의 장소'를 뜻합니다. 요즘은 주로 '일상에 지친 사람들이 몸과 마음을 쉬며 재충전하는 공간'을 뜻하는 말로 쓰입니다.

　　케렌시아는 사람마다, 동물마다 다릅니다. 나의 케렌시아는 나뭇잎 한 장을 케렌시아로 삼는 이들과 만남입니다. 힘들고 지쳤을 때 기운을 얻는 곳, 본연의 나에 가까워지는 곳이라는 점에

쪽동백나무 잎을 말아 지은 집 주인장이 누구인지 궁금하지만,

나올 때까지 기다릴 수도 없고 문을 열 수도 없어

그냥 모르기로 했습니다.

서 그렇습니다.

미물들은 나뭇잎 한 장이 집이 되고 먹이가 되는 것을, 날개는 긴 시간 바닥을 기고 깊고 오랜 꿈을 꾼 뒤에야 얻는 것임을 일찍이 안 모양입니다. 그들은 때를 알고 떠날 줄 알고, 맨몸의 삶이 진실이라는 것도 아는 듯합니다. 이 작은 존재들이 내 욕망을 들추고 그 실체를 보게 합니다. 나는 자신을 비우고 용서할 힘을 이들에게서 배우고 얻게 됩니다. 살아온 날이 많아서인지 요즘은 나날이 비우는 게 나잇값이 아닌가 하는 생각이 듭니다. 하긴 비운다는 자체가 갖고 있음의 알아차림일 테니, 지금 나는 가진 게 많지요.

여름이 지나고 가을이 올 즈음에는 여러 생명이 다음 생을 준비합니다. 꽃은 씨앗을 만들고, 곤충은 대개 알을 남기고 돌아갑니다. 매미나방도 마찬가지입니다. 매미나방은 요즘 미움을 많이 받습니다. 엄청 크고, 애벌레는 먹지 못하는 나무가 없을 정도로 아무 잎이나 먹어 치우는 광식성廣食性입니다. 어미가 크다 보니 애벌레도 커서 이 친구들이 모여 잎을 먹는 부근에 가면 숲인데 사각사각 소리가 들립니다. 한입이 크니 먹어 치우는 모양도 특이해서 그 잎으로 꾸미기를 하면 재미있습니다. 독나방 종류라서 그런지 털이 많고 색도 화려합니다. 나는 매미나방 애벌레 색이 울긋불긋 화려해서 멋있다고 말하는데, 징그럽다고 하는 사람도 많습니다.

  징그럽다고 미움을 받는 미물이지만, 매미나방 어미가 만드는 알 집은 대단합니다. 어미는 알을 낳아 나무에 붙이고 자기 앞가슴 털을 뽑아 알을 덮어줍니다. 추운 겨울에 얼어 죽지 말라고, 혹시 새가 봐도 알인지 모르게 덮는 것입니다. 알을 곱게 덮기까지 할 일을 마친 어미는 그대로 떨어져 죽습니다. 혼이라도 새끼들을 지키려는 듯, 멀리 가지 않고 알 집이 있는 나무 아래 떨어져 죽습니다.

  봄에 이 알들이 깨어나면 부근의 나무들은 초토화된다는 게 문제입니다. 애벌레가 많기도 하고, 그들이 먹는 한입 자국이 엄청나게 크다 보니 나무에 주는 피해가 큽니다. 그러니 사람들이 매미나방을 없애고자 고심하는 것도 이해가 됩니다. 가을이면 매미나방 알을 제거하는 게 지자체의 연례행사입니다.

  지난해 내가 있던 곳도 이와 같아, 누군가가 매미나방의 알 집을 제거해야 했습니다. 제가 자원했습니다. 누군가 해야 하는 작업이고, 더구나 그들 생명을 몰살하는 일이니 제가 나선 겁니다. 기구로 긁어 바닥에 떨어뜨리면서 마음속으로 수없이 미안하다고 말했습니다. 너무 많은 수를 만들어서 숲의 나무에 큰 피해를 주니 이렇게 죽는 데는 너희 잘못도 크다고, 우리도 어쩔 수 없는 일이니 이해해달라고 부탁했습니다. 그렇다고 너희가 이대로

매미나방은 새와 같은 천적의 눈에
잘 띄지 않도록 비스듬한 나무 기둥이나
나뭇가지 아랫면에 알을 낳습니다.

매미나방 알이 붙어 있는 나무 아래 죽은 어미들이 있습니다.
나는 매미나방이 앞가슴 털을 뜯어 알 집을 덮는 것을 보지 못했습니다.
그러나 앞가슴 털과 알 집 색이 같고, 죽은 어미 매미나방 가슴에
털이 없는 것은 봤습니다.

죽는 게 아니라 새들의 입으로 들어가 다시 그들의 몸이 될 거라는 위로도 건넸습니다.

그들에게 이 말을 전하려고 자청한 것이지만, 앞가슴 털을 모두 빼가며 새끼들의 케렌시아를 만든 어미의 헌신과 바람을 저버리고 알을 죽이는 행위가 용서될 것 같진 않습니다. 미물의 이런 본능적인 행동을 보면 하느님이 모두에게 갈 수 없어 그 옆에 어미를 뒀다거나, 우주의 수많은 별이 한 치 무너짐이나 어긋남 없이 순행하는 힘이 모성이라는 말에 고개가 끄떡여집니다. 대상이 사람이건 사나운 동물이건 작디작은 미물이건 누구라도 그들의 입장이 돼 생각해야 합니다. 사람에게 양심이 있다면 말입니다.

마음 치유 알음알이

매미나방이 갉아 먹은 잎으로 만든 우리 가족입니다. 매미나방 애벌레가 먹은 자국은 다른 나방 애벌레가 먹은 것보다 훨씬 크고 모양도 다릅니다. 이왕 갉아 먹은 잎이니 이렇게 만들고 즐기면 매미나방이나 사람이나 나뭇잎이나 모두 윈윈하는 방법이 될 것입니다. 나는 이때 매미나방한테 살짝 고마워하기도 합니다. 만들고 즐기면서 마음의 치유가 되기도 할 것입니다.

쪽정이가 보물

마흔하나

　　　숲 공부를 시작하고 처음 2~3년은 산으로 들로 누비고 다니느라 정신없었습니다. 마음만 굴뚝같을 뿐, 자연에 대해 아는 것이라고는 풀이랑 나무 몇 종류가 전부였으니까요. 그렇게 2~3년을 지내고 나니 열매와 쪽정이가 보였습니다. 생을 마치고 돌아간, 숲이나 길에서 함부로 밟히는 생명이 보였습니다.

　꽃이나 열매보다 아름다운 그들의 마음과 시간이 보였습니다. 아무짝에도 쓸모없는 존재로 내려앉은 쪽정이의 헌신과 비움이 보였습니다. 그들을 바라보는 연민의 마음이 마치 나를 바라보는 것 같고, 그들에게서 치유를 받기도 했습니다. 참으로 행운이고 고마운 일이었지요. 열매의 흔적인 쪽정이를 보며 나를 보는 것 같던 내 생각이 맞았습니다. 만물이 나와 다르지 않으니 내가 쭉정이고, 쭉정이가 나입니다. 그러니 그들 안에 내가 있고, 내 치유가 있을 수밖에요.

나는 오랫동안 쭉정이였고 지금도 쭉정이입니다. 그러나 지금의 나는 무엇이든 될 수 있는 존재라는 것을 아는, 나를 사랑하는 쭉정이입니다.

쭉정이가 어린 왕자가 됐습니다. 새들의 왕인 아름다운 공작이 되기도 합니다. 물속의 자유가 되고, 온몸으로 삶을 사는 낙타가 되기도 합니다. 그러다가 문득 침묵이 됩니다. 나는 어린 왕자이기도 하고, 아름다운 공작이기도 하고, 바닷속 물고기이기도 하고, 온몸으로 삶을 사는 낙타이기도 합니다. 그러다가 침묵으로 남는 그들 모두가 나입니다.

오랜만에 한가한 날, 대충 집 안 정리를 하고 쭉정이 장을 열었습니다. 뒤죽박죽 엉망진창입니다. 아침부터 내내 이렇게 섞여 있는 걸 정리하는데 언제 끝날지 모르겠습니다. 하기야 끝을 정해둔 게 아니니 나는 어슬렁어슬렁 마냥 느긋합니다.

내 쭉정이들이 자기 할 일을 할 수 있도록 제자리를 찾아줘야지요. 이 엉망진창을 일단 큰 것부터 정리하기로 했습니다. 집중해서 들여다봐야 하니 잡념은 저 멀리 갑니다. 명상이 따로 필요 없습니다.

"쭉정이들이 내게는 마음의 양식이지. 사람이 어떻게 빵으로 만 살아? 마음의 양식이나 몸의 양식이나 소중하긴 마찬가지잖아?"

하나하나 골라내면서 중얼거립니다.

"부피에가 이랬을 거야."

장 지오노의 늙은 양치기 부피에에 생각이 났습니다.* 쭉정이 고르기를 커다란 도토리나무로 자랄 건강한 씨앗을 고르던 부피에에게 갖다 대니 내가 부피에가 된 양 으쓱해집니다.

"왜 아니겠어, 이 또한 내 마음에 건강한 씨앗을 심는 일일 테니 말이야."

동글동글 들깨처럼 생긴 작은 씨앗을 빼고 이 친구들은 대부분 회양목의 씨앗을 싸고 있던 쭉정이 껍질입니다. 수많은 씨앗 중에 나무가 되는 씨앗은 몇이나 될까요? 나한테 조금 주고, 새한테 조금 주고, 땅한테 많이 주고… 그러면서 지난 1년 농사에 자식 하나는 만들었을까요? 다 남 주고도, 남 좋은 일만 시키고

* 《나무를 심은 사람》, 장 지오노 지음, 프레드릭 백 그림, 햇살과나무꾼 옮김, 두레아이들, 2002. 나무를 심고 가꾸는 늙은 양치기 부피에의 외로운 노력으로 프로방스의 황무지가 새로운 숲으로 탄생하고, 수자원이 회복돼 희망과 행복이 되살아나는 과정을 그린 이야기다. 간단해 보이는 줄거리에 인간의 이기심과 탐욕, 자연 파괴와 전쟁이라는 어두운 측면과 묵묵히 희망을 실천하는 주인공 부피에의 모습이 대조를 이루며 깊은 울림을 준다.

숲, 그 치유 속으로

뒤죽박죽인 내 쭉정이들에게 할 일을 찾아주기 위해

정리하는 일이 명상과 다르지 않습니다.

동그란 알맹이는 덜 익은 메타세쿼이아 수꽃에서 떨어진 알갱이고,

길쭉한 열매는 두충 씨앗입니다.

제각각 놓고 보니 이 친구들 하나같이 참 잘생겼습니다.

도 잘했다 할까요? 다 남 준 걸 알기는 할까요?

알 수 없는 일입니다. 그래도 나무들이 내년에도 후년에도, 죽기까지 열심히 꽃 피우고 열매를 맺어서 다 남 줄 걸 나는 압니다. 나무는 스피노자처럼 내일 죽어도 꽃 피우고 꿀 만들고 씨앗 만들고 남 주면서, 그것이 자기 숙제인 양 살 것입니다. 나무는 그게 삶이라고 말합니다.

나는 다음으로 조금 작은 것 정리에 들어갑니다. 큰 걸 빼내고 나니 작은 것 빼기가 수월하고, 점차 더 수월해집니다. 잡티가 섞여 있어도 한두 개뿐이니 금방 눈에 띄고, 바로 들어낼 수 있습니다. 내 마음도 이럴 겁니다. 이래서 큰 가시로 작은 가시를 빼낸다고 한 모양입니다. 마음속에 일렁이는 여러 잡념도 일단 큰 것부터, 눈에 띄는 것부터, 제일 걸리적거리는 것부터 빼내면 되겠지요.

1센티미터가 채 안 되는 회양목 열매는 익기 전에 동그란 모양입니다. 익으면 벌어져서 부엉이 모양 껍질 세 개를 만듭니다. 그 안에 속껍질 세 개, 그 안에 씨앗이 두 개씩 세 쌍 있습니다. 쭉정이를 들여다보면서 그 식물의 쭉정이 한 조각까지 알게 되고, 그 식물에 대해 더 자세히 알게 되는 것은 쭉정이 만들기의 덤입니다. 이들은 모두 그 쓸모가 다릅니다. 정리하지 않고 섞어두면 쓰레기 같은 기분이 들고, 그러면 쭉정이가 기분 나쁠 테니 쓸모에 맞춰 정리합니다.

아차! 회양목 칭찬해줄 게 있는데, 하마터면 잊을 뻔했습니다. 회양목은 넓은잎나무 중 드물게 겨울에도 잎이 떨어지지 않는 늘푸른나무입니다. 겨우내 잎을 매달고 있다가 봄이 되면 제일 먼저 초록빛이 도는 노란 꽃을 피웁니다. 겨우내 잎을 붙잡고 있었으니 일찍감치 꽃을 피우는 건 회양목에게 그리 힘들지 않을지도 모릅니다. 회양목이 일찍 꽃을 피우면 어찌어찌 서둘러 세상에 나온 날개 달린 곤충들이 꿀 냄새를 맡고 찾아옵니다. 회양목은 일찍 세상에 나온 곤충들 굶어 죽지 않게 배를 채워주면서 그 틈에 결혼하고 씨앗을 품게 됩니다. 이렇게 큰일을 하는 착한 회양목 칭찬을 잊을 뻔하다니!

회양목은 잎이 작아 느리게 조금씩 자라지만, 그래서 나무가 단단합니다. 회양목을 '도장 나무'라고 하는 데서 알 수 있듯, 회양목 줄기는 나무 도장을 만들 정도로 단단합니다. 게다가 오래 살지요. 거북이 그렇고, 주목과 같은 바늘잎나무가 그렇듯 천천히 움직이고 느리게 자라는 생명이 오래 산다더니 회양목이 그런 모양입니다.

조금씩 자란다고, 남보다 작다고, 사는 게 힘들다고, 보잘것없는 쭉정이라고 투정하지 말아야겠습니다. 그래서 단단해지고 더 건강하게 오래 산다니 말입니다. 그러면서도 철 모르고 나온 곤충들 배를 채워주는 훌륭한 일을 하니 말입니다. 오늘은 그 열매가 작아 정리하는 데 오래 걸린 회양목 쭉정이들이 나를 정신 차리게 합니다. 오랫동안 쭉정이였던 나는, 지금은 나를 사랑하고 쭉정이를 사랑하는 쭉정이입니다.

마음 치유 알음알이

쭉정이가 보물이라는 걸 숲에서 알았습니다. 내가
보물이라는 것도 숲에서 알았습니다. 당신 마음에
들지 않는 당신 안의 쭉정이가 실은 보물이라는 걸,
당신의 착한 얼굴이라는 걸 알았으면 좋겠습니다.

쭉정이, 그 쓸모없음의 쓸모에 대하여

마흔둘

숲에서 묘하게 생긴 둥치를 만났습니다. 내가 이런 거 참 좋아합니다. 대박이다 싶었습니다. 멋진 작품이 나올 것 같았거든요. 흙을 털고 깨끗하게 가져가려고 돌에 대고 두드렸는데, 아뿔싸! 개미들이 혼비백산 사방으로 흩어집니다. 나무 곳곳에 난 구멍이 개미굴이었나 봅니다. 명을 다하고 이제 흙으로 돌아가기만 기다리는 물건이라 생각했는데, 그런 나무를 가져다 쓸 때는 고맙기는 해도 미안하지는 않았는데, 주인이 있을 거란 생각은 못 했습니다. 나무한테도 개미들한테도 미안했습니다. 둥치를 그 자리에 두고 놀랐을 개미들과 개미집이 돼서 행복했을 나무가 나를 용서해주기 바라면서 개미들처럼 혼비백산 발길을 돌렸습니다.

쭉정이가 내게는 만들기 정도 쓸모인데, 개미에게는 훨씬 대단한 쓸모가 있는 겁니다. 버려진 쭉정이로 작품을 만들 때, 돌아

자기 일을 끝낸 식물의 가지나 열매를

쭉정이라 합니다.

씨앗이 되기 전에 떨어진 열매도

쭉정이입니다.

간 생명이 갖는 이런 대단한 쓸모에 대해 사람들이 생각해보기를 바라기도 해야겠습니다.

자기 일을 끝낸 식물의 가지나 열매를 쭉정이라 합니다. 씨앗이 되기 전에 떨어진 열매도 쭉정이입니다. 이렇게 쭉정이가 되는 현상을 그리 섭섭해할 일만은 아닌 것 같습니다. 맬서스의 《인구론》에 따르면, 한정된 자원으로 대다수 개체군은 번식기에 이르지 못하고 죽습니다. 다른 개체들이 살아남아 번식할 수 있는 것은 이들의 죽음 덕분입니다. 죽음이 생명을 허락한다는 것이지요. 끝까지 살아남는 자손을 남기는 것이 진화인데, 결국 쭉정이가 자기 종의 진화를 이끄는 것입니다. 나도 그런 이유로 쭉정이들한테 손뼉 치고 고마워해야 한다고 생각했는데, 내 생각이랑 맬서스 생각이 같았습니다.

이런 원리는 사람에게도 적용해야 할 것입니다. 쭉정이로 보이거나 보통으로 취급되는 사람들이 사실은 우리의 발전을 선도하는 주체라는 걸 알았으면 좋겠습니다. 혼자서는 1등이 될 수 없습니다. 1등은 쭉정이나 꼴찌가 있을 때 가능한 일입니다. 아름다움을 만드는 게 상대의 아름답지 못함과 대비라는 생각을 하면 1등도, 미인도 그들에게 고마워해야지요. 그렇게 하는 것이 동정이나 배려가 아니라 어쩌면 당연한 일이고 순리가 아닐까 생각이 듭니다.

못생긴 나무가 숲을 지킨다는 말이나, 달이 지붕 위의 박이 될 순 없다는 말 모두 제각각의 역할과 존재의 가치를 말하는 겁니다. 못생긴 나무도, 땅에 구르는 돌도, 우리 세상의 쭉정이도 모두 가치 있고 소중한 존재라는 걸 알았으면 좋겠습니다. 버려진 쭉정이들이 뭔가 새로운 것으로 태어나는 모습을 보면서 그 마음이 나와 우리를 향할 수 있다면 그것이 바로 나의 치유고, 우리 사회의 치유일 겁니다. 쭉정이의 죽음이 들어 있는 흙에서, 어둠과 죽음에 뿌리를 내린 나무에서 아름다운 꽃이 피어나고 향기가 만들어지는 것이 우리 삶임을 알았으면 좋겠습니다.

마음 치유 알음알이

혼자서는 1등이 될 수 없습니다. 나를 1등으로 만드는 것이 세상의 모든 당신들입니다. 아름다운 것을 만드는 것 또한 상대의 아름답지 못함입니다. 그러니 1등도, 미인도 그들에게 고마워해야 합니다. 그것은 배려가 아니라 순리입니다. 그제야 나의 존재 가치가 살아나고, 우리는 함께 치유될 수 있습니다.

쭉정이가 쭉정이에게 주는 위로

나는 오랫동안 쭉정이였고 지금도 쭉정이입니다.
그러나 지금은 무엇이든 될 수 있는 존재라는 걸 아는 쭉정이입니다.
지금의 내가 보물이라는 걸 아는 쭉정이, 나를 사랑하는 쭉정이입니다.
넓지도 깊지도 않은 내 밭이 씨앗 하나 뿌리 내릴 만큼
부드러우면 좋겠습니다. 그 안에서 내게 손뼉 치고
내 등 두드리며 나로 살기, 고스란히 나로 사는 것이
세상에 나로 태어난, 나의 세상에 대한 나의 숙제가 아닐까 싶습니다.

침묵의 가르침이 된 공空의 쪽정이

하나

　　　　내 집 냉장고에는 풍경이 매달려 있습니다. 살다 보면 수시로 정신을 놓치는 탓에 풍경 소리가 날 때마다 정신을 차리자고 매단 것입니다. 수시로 냉장고를 열 테니 수시로 잊는 내가 정신 차리기에는 딱 맞는 것 같아서요. 풍경은 인사동에서 구했는데 강력한 자석이 있어 붙이기도 쉬웠습니다. 냉장고 문을 열 때마다 안쪽의 제법 큰 구슬과 놋쇠가 부딪히는 소리가 낭랑해 정신이 듭니다. 기분이 좋아지기도 하고, 정신이 맑아지는 기분입니다.

　창문 너머로 산을 바라보다가 불현듯 나옹선사의 시조가 떠올랐습니다. 문득 바라본 그곳에 청산과 창공이 있었기 때문입니다.

청산은 나를 보고 말없이 살라 하고
창공은 나를 보고 티 없이 살라 하네
사랑도 벗어놓고 미움도 벗어놓고
물같이 바람같이 살다가 가라 하네
성냄도 벗어놓고 탐욕도 벗어놓고
물같이 바람같이 살다가 가라 하네

오래전부터 좋아한, 그때도 마음으로 들어오는 말씀 같던 시가 오늘은 또 다른 느낌으로 와닿았습니다. 시조에 청산, 창공, 물, 바람 그러니까 물질을 이루는 다섯 요소 중 화를 뺀 지·공·수·풍이 들어 있는 게 보였습니다. 놀라지 않을 수 없었습니다. 화는 어디에 있을까 하며 '선사님이 그쯤 생각 못 하셨을 리 없다' 싶었습니다. 그러다가 노래하는 이가 화火(색)라고 생각하게 됐습니다. 하기야 색즉시공 공즉시색이니, 굳이 화에 해당하는 색을 따로 정하지 않아도 될 듯합니다만.

이렇듯 세상의 말씀에 모든 것이 들어 있고 그때마다 달리 다가오니 말씀이 공空의 치유, 제1의 치유인 것을 알겠습니다. 청산이 말없이 살라 한다는 말씀을 나는 말 같지 않은 말은 하지 말라는 뜻으로 해석합니다.

나옹선사의 말씀처럼 깊은 말씀이 진짜 말이라고 생각하면서, 나는 곧바로 침묵의 말씀을 만들기로 했습니다. 그것을 소리 풍경의 반대편에 있는 '침묵의 풍경'이라고 이름부터 지었습니다. 풍경이란 소리가 나야 할 텐데 소리가 없는 풍경이라니? 그러나 '태초에 말씀이 있었다'라는 성경 구절을 통해 볼 때, 침묵에서 태어난 천지창조의 첫 번째 창조물은 소리입니다. 간만에 쭉정이 만들기에 '필'이 꽂혔고, 그간 침묵에도 관심이 생겨 침묵을 소리에 넣은 것이지요.

보통 절집에서 풍경 끝에 물고기를 매다는 데는 어떤 불도 끌 수 있는 푸른 바다를 집으로 삼는 물고기가 내 안의 불을 끄기를 바라는 마음, 잘 때도 눈을 감지 않는 생명이니 늘 깨어 있으라는 의미가 있습니다.

　언젠가 세상에 보탬이 된 친구들, 그런데 아무짝에도 쓸모없는 존재로 취급받은 쭉정이들이 이렇게 뭔가 됐습니다. 게다가 침묵이라는 스승으로 다시 태어났으니 쭉정이들이 좋아하지 않을까요? 나는 내 풍경을 바라보면서 깨어 있는 침묵과 깨어 있는 소리를 생각합니다. 이 침묵의 풍경을 우리 집에 오는 사람들이 좋아하고 편안해합니다. 균형 잡힌 만다라 문양이 주는 힘 때문이기도 한 것 같습니다. 바라보면서 듣는 침묵의 풍경이 나를 가르치고 내 집을 지키는 스승입니다.

침묵의 풍경 1

미국풍나무 열매를 리스처럼 동그랗게 붙이고, 그 아래 참죽나무 열매를 달았습니다. 뾰족한 미국풍나무 열매는 별과 같은 꿈을, 참죽나무 열매는 늘 깨어 있으라는 종소리를 생각했습니다. 줄이 된 실은 모든 색을 품고 있지만, 드러내거나 빛나지 않는 검은색을 사용했습니다. 검은색이 침묵의 색으로 제격인 것 같아서요. 늘어진 끈 중간의 매듭 부위에는 마가목 열매를 구슬처럼 붙여 매듭을 감췄습니다. 물고기 몸은 어려서 익지 못하고 떨어진 스트로브잣나무 솔방울 쭉정이로, 꼬리는 붓꽃 종류 씨앗 껍질로 보이는 걸 붙였습니다. 늘 깨어 있는 동그란 눈은 접시꽃 씨앗으로 만들었습니다.

소리 없는 풍경은 거실에서, 주방 식탁 위에서 언제나 태연
하게 돌아가고 있습니다. 소리 없는 스승으로 태어났으니
쭉정이들이 좋아할 것입니다. 그 생각으로 나는 또 기분이
좋아집니다.

어린 왕자가 된 풍風의 쭉정이

둘

🌲

　　　숲 저 건너편에서 어린 상수리나무 한 그루가 '나 여기 있어' 하듯 환하게 웃고 있었습니다. 노란빛으로 물들어서야 그 모습이 눈에 띈 것입니다. 일찍이 빛나거나 뒤늦게 빛나거나 누구나 살면서 한번쯤은 이렇게 빛나는 때가 있다지요? 이제야 자기를 보여주는, 이 시간을 위해 더 뜨겁고 고단했을 어린 상수리나무의 노란빛에 박수를 보내며 나는 언제 빛난 적이 있었는지 생각해봅니다.

　노란색을 보면 어린 왕자의 머리칼과 그의 밀밭이 그려집니다. 어린 왕자가 슬플 때마다 바라봤다는 황금빛 저녁노을도 눈에 선합니다.

　"너무 슬플 때는 해 지는 게 보고 싶거든. 어느 날에는 의자를 옮겨가면서 43번이나 지는 해를 바라보았어." 어린 왕자의 별은

누구나 살면서 한번쯤은 빛나는 때가 있다지요?
어린 상수리나무가 노랗게 물들어서야 자기를 보여줍니다.

작은 의자를 옮기면 한 바퀴 돌 수 있는 B612호라는 작은 별입니다. 사막과 같은 그 별에서 왕자는 말합니다. "인생이란 외롭고 쓸쓸한 것, 단지 바라볼 수밖에 도리가 없는 거야."

내가 쓸쓸하고 바라볼 수밖에 없는 삶을 숨 한 번만큼 쓸쓸해하면서 잘 사는 이유는, 어린 왕자가 사막과도 같은 우리 삶 어디엔가 사랑하는 장미가 있고 여우라는 친구가 있다고 말해줘서인지 모르겠습니다. 나는 어린 왕자의 별을 거실에 매달고, 사랑하는 장미와 여우를 생각하며 어린 왕자와 그의 별을 바라보기로 했습니다.

어린 왕자는 공에 앉아 공의 바람을 타고 흔들흔들 태연합니다. 어차피 공空인 세상, 돌고 도는 공에 매달려 이리 태연한 인생도 괜찮은 거라고 이야기합니다. 왕자가 그리도 맑은 것은 자신의 슬픔을 빛과 함께 들여다봐서일 겁니다. 노을빛과 보리밭을 마음으로 들여 마음이 빛으로 가득 찼기 때문일 겁니다.

"내 안에 빛을 채우면 맑아지고 깊어져서 슬픔은 갈 곳이 없어져."

어둠이 빛을 보게 하고, 추운 겨울이 봄을 부른다는 생각을 하면 그 말이 맞을 것 같습니다. 빛이 생명을 만드는 원천이라는 생각을 하면 더욱 그렇습니다. 어린 왕자가 하고 싶은 말은 침묵하고 단지 생각하고 기다리라는 말이 아니었을까요?

나는 침묵하고 단지 기다렸을, 어제도 내일도 아니라 지금 빛나고 있는 저 먼 숲의 어린 상수리나무에게 "잘했어, 잘했어" 하며 박수를 보냅니다. 오늘도 빛으로 가득 찬 어린 왕자는 공의 바람으로 흔들흔들 태연합니다.

먼저 어린 왕자의 별을 만들었습니다. 풍선에 입바람을 가
득 채워 묶고, 그 위에 종이 끈을 얼기설기 감았습니다. 다
음으로 스프레이 풀을 쏘고 이틀쯤 지나 풀이랑 종이 끈이
완전히 붙으면 풍선을 바늘로 터뜨렸습니다. 그러면 종이
끈 별이 됩니다. 이제 어린 왕자를 만들 차례입니다. 굴참나
무 도토리깍정이로 왕자의 곱슬머리를, 오리나무 솔방울로
몸을 만들었습니다. 팔과 다리는 홍수에 떠내려온 달뿌리
풀의 뿌리줄기로 만들고, 왕자의 스카프는 채 익지 못하고
떨어진 까치박달의 쭉정이 씨앗 포를 붙였습니다.

이리저리 흔들리기만 하는 왕자가 심심할까 봐 여우를 만
들어 왕자 옆에 붙였습니다. 언제든 떠나고 싶을 때 떠나라
고 쥐방울덩굴 열매로 기구도 만들었습니다. 여우의 몸통
과 꼬리는 목련 겨울눈 껍질로, 여우의 반짝이는 눈은 헛개
나무 씨앗으로 만들었습니다.

공작으로 태어난 화火의 쭉정이

셋

나는 쭉정이로 만든 동물이나 작품을 쭉정이 요정이라고 부릅니다. 쭉정이는 언젠가 꽃이고 열매였던 것, 언젠가 누군가의 열매를 위해 자기를 희생한 것이 모습을 바꿔 만들어진 것입니다. 그들 속에는 꽃을 피우기 위한 아픔의 시간과 배려와 사랑이 있습니다. 그런 마음을 생각하면 나는 어떤 쭉정이 요정이라도 허투루 만들 수가 없습니다. 함부로 버릴 수도 없습니다. 만들고 남은 것이라도 "언젠가 쓸데가 있을 거야" 하며 모아둡니다.

내가 쭉정이 요정을 잘 만든다는 소리를 듣게 된 건 어쩌면 어느 쭉정이도 허투루 하지 않아서일 겁니다. 그들을 모두 소중하게 생각해서일 겁니다. 만들기는 젬병이라는 소리까지 듣던 내가, 쭉정이 만들기는 잘한다는 소리를 들으니 말이지요. 지금 나는 말합니다. 만드는 기술은 손에 있는 것도 아니고, 머리에 있는 것도 아니고, 가슴에 있다고 말입니다.

처음 만들 때는 부엉이 한 마리, 달팽이 한 마리도 참 어려웠습니다. 기술이 어설프기도 했지만, 목공 풀을 고집한 것이 그 이유 중 하나였습니다. 목공 풀이 그나마 공해가 적을 것 같은 생각 때문이기도 하고, 기계를 싫어해서 그러기도 했습니다. 그런데 목공 풀이 워낙 늦게 붙다 보니, 덜 마른 채 자리가 돌아가면 모양이 삐딱해졌습니다. 다리 하나 꼬리 하나 붙이려 해도 마를 때까지 붙잡고 있거나, 고정하는 데 물건을 이용해야 해서 보통 힘들지 않았습니다. 한참 그렇게 만들다가 어느 날 도저히 안 되겠다 싶어 글루건을 쓰기 시작했습니다. 그러면서 차츰 만드는 기술이 좋아지고, 속도도 빨라졌습니다.

근교 숲에서 '쪽정이 요정 만들기 교실'을 한 적이 있습니다. 그때 관계자분이 동물원에 근무할 때 주워둔 것이라며, 공작의 꽁지깃을 주셨습니다. 제가 쪽정이 요정 만드는 것을 보고 아끼던 것을 선뜻 내주신 것입니다. 쪽정이 공작 꼬리에 진짜 공작의 꽁지깃을 붙이고 공작이 얼마나 좋아할까, 그분께 고마워한 기억이 납니다.

보통 쪽정이는 모두 살았을 때의 빛을 잃고 흙색으로 돌아가고 흙이 됩니다. 그런데 꽃이나 씨앗, 날개는 조금 다릅니다. 시간이 지나도 날개와 씨앗은 거의 완전히 그 색을 유지하고, 꽃도 그 색을 많이 잃지 않습니다. 그것이 꽃이고 날개여서일까요? 모든 것을 이룬 수고로움의 모습이어서일까요? 꽃이나 날개의 변하지 않는 색이 꽃이나 날개의 의미와 소중함을 말하는 것이라 생각하니, 이들이 더 애틋해집니다.

이 쭉정이 작품은 '멋진 남편 뽑기 콘테스트'입니다. 어떤 꽁지깃을 가진 공작이 제일 멋진 남편이 될까요? 암컷 한 마리에 수컷이 다섯이나 되니 수컷들은 있는 대로 폼을 잡고, 암컷은 어떤 친구가 가장 아빠 노릇을 잘할 멋지고 튼튼한 수컷일까 고르느라 심사숙고 중입니다. 동물의 암컷이 대부분 그렇듯, 암컷 공작은 수수합니다. 그 모습이 수컷보다 아름답지 않다고 하면 안 됩니다. 다 생각이 있어 이런 모습을 한 것이니까요. 자식을 키우는 어미가 너무 화려하면 적에게 들키기 쉽거든요. 수수한 모습에 자식을 키우고 사랑하는 우리 어머니들의 마음이 있다고 생각하니 그 모습이 비할 데 없이 아름다워 보입니다. 마음을 들여다보면 다 사랑하게 되는 것 같습니다.

공작의 특징은 꼬리에 있으니 무엇으로든 꼬리를 멋지게 만들면 멋진 공작이 됩니다. 맨 왼쪽에 있는 공작은 회양목 가지와 꽃을 합쳐 꽁지깃을 만들었습니다. 흰 꽃은 누군가 털어버린, 화분의 흙과 함께 버려진 식물이 안쓰러워서 갖다둔 것인데 유용하게 쓰였습니다. 두 번째 공작의 꽁지깃은 공작 깃털 중간 부분을 둥글게 만들어 붙였습니다. 그다음 공작은 주워 모아둔 쇠딱따구리 깃털로 보이는 깃털로 만들었습니다.

다음의 공작과 가장 왼쪽 공작의 꽁지깃은 비둘기가 떨어
뜨린 깃털을 여럿 붙여 만들었습니다. 다섯 번째 앉은 공작
의 꽁지깃은 진짜 공작의 꽁지깃 맨 끝부분을 잘라 만들었
습니다. 버섯 먹이를 앞에 두고 있는 맨 오른쪽 수수한 공
작이 암컷입니다. 쓸모없다고 버려진 것들이 이렇게 아름
다운 날개가 되니 기분이 참 좋습니다. 이런 방법으로 측백
나무를 써서 꽁지깃을 만들어도 될 것 같고, 비교적 두툼한
벼과 식물의 잎을 여럿 붙여 만들어도 멋진 꽁지깃이 될 것
같습니다. 이들 공작에는 몸통으로 쓰인 스트로브잣나무,
목과 머리가 된 쭉정이 목련 열매, 눈이 된 무궁화 씨앗, 수
컷 공작의 볏이 된 노각나무의 열매꼭지, 암컷 공작의 볏이
된 감꽃 꽃받침 등이 들어 있습니다. 모두 오랜 시간에 걸
쳐 만들어진 고마운 쭉정이입니다. 바닥은 줄기에 구름버
섯이 붙은 자작나무로 만들었습니다. 통나무인데도 부식이
진행돼 아주 가볍습니다. 마침 결혼식 때 쓰는 화촉 나무(자
작나무, 白樺)이다 보니 더 축복처럼 보입니다.

물속의 자유가 된 수水의 쭉정이

넷

　　　　　깊은 바닷속 물고기를 생각하면 마음이 참 편안
합니다. 자유롭기로 따지면 하늘을 나는 새 이상일 것 같고, 바닷
속을 들여다볼 수 없어서인지 그 안이 깊은 침묵에 든 평화 같은
생각이 듭니다. 미끄러지듯 물속을 헤엄치는 물고기의 생동감
있는 모습을 보면 그들이 신나고 행복하게 사는 듯하고, 행복이
저렇게 생겼을 거야 생각하게 됩니다.

　쭉정이로 물고기를 만들었습니다. 나는 쭉정이로 만들 때 무
엇을 만들지 먼저 생각하지 않습니다. 그 쭉정이의 마음을 들여
다보려고 할 뿐입니다. '아, 이렇게 생긴 걸 보니 이런 게 되고 싶
은 모양이구나' 하며 그들의 마음이 내게 오기를 기다립니다. 원
래의 쭉정이를 잘라내 아예 다른 모양을 만드는 일은 좀체 없습
니다.

쓸데없는 걸 쭉정이라 하는 만큼 아름답거나 예쁜 쭉정이는 별로 없고 이상하게 생긴 쭉정이가 많습니다. 그런데 쭉정이로 뭔가를 만들다 보면 이상하게 생긴 쭉정이가 더 아름다운 작품이 됩니다. 사람들도 고만고만하게 사는 모습보다 자신만의 특이한 무엇이 있을 때 빛나는 것과 비슷합니다.

처음에 물고기를 만들 때는 솔방울 인편을 하나하나 잘라 소나무 껍질을 물고기처럼 오려낸 판에 붙였습니다. 그때는 어떻게 물고기를 만들지 감이 없었거든요. 그 물고기는 비늘이 거칠고 사납게 보여 블루길이라는 이름을 붙이고, 블루길 여러 마리로 모빌을 만들었습니다.

어느 봄날, 가문비나무 숲을 걷다가 채 익지 못하고 떨어진 독일가문비 솔방울 여러 개가 눈에 띄었습니다. 옳다구나 하고 그 쭉정이 열매를 기분 좋게 주웠습니다. '언젠가 반드시 쓸모가 생길 거야.' 못나고 덜 떨어진 이 쭉정이를 쓸 때가 반드시 온다는 걸 경험으로 알고 있었거든요. 그리고 어느 날 그 쭉정이로 물고기를 만들었는데, 아니나 다를까 모양이 훨씬 깔끔한 물고기가 됐습니다. 일찍 떨어진 쭉정이라 아직 살이 여려 그냥 꾹꾹 누르면 유선형 물고기 몸통이 되니 만들기 훨씬 쉬웠습니다. 안에 남은 송진이 굳으면서 모양이 예쁘게 잡히기도 했습니다. 나는 착하게 생긴 이 친구들을 순한 우리나라 버들붕어라고 이름 붙였

왼쪽은 독일가문비 솔방울 쭉정이를 꾹꾹 눌러 만든 버들
붕어, 오른쪽은 솔방울 인편을 잘라 붙인 블루길입니다.

블루길로 모빌을 만드니 물고기들이 저절로 이리저리 돌아
다닙니다. 절집 처마에 달린 물고기는 아니지만, 세상 시름
살피는 풍경으로 삼기에 마침맞습니다. 녀석들은 기특하게
한순간도 눈을 붙이지 않고 세상을 살피면서 목어의 숙제
를 충실히 하고 있습니다.

물풀을 만들어 군데군데 넣고, 키 큰 물풀 위에는 새도 앉
혔습니다. 다래 덩굴로 구불구불한 물풀을 만들고, 바람에
잘린 향나무 잎이랑 밤송이 가시, 솔가지도 물풀인 양 붙였
습니다. 어디 쓸데가 있겠다 싶어 모아둔 전복 껍데기와 물
박달나무 껍질을 붙이니 바닥이 물속 바위나 흙처럼 그럴
듯합니다.

실고기과 물고기 해마는 난태생으로, 암컷이 수컷의 배에
알을 낳으면 알들은 수컷 배 주머니에서 새끼가 돼 나옵니
다. 수컷의 자식 사랑이 지극한 물고기가 많은데, 해마도 그
런 모양입니다. 나뭇가지를 물풀 삼아 여러 마리를 붙이니,
해마가 살기 좋은 물속처럼 보입니다. 해마가 좋아할 것 같
습니다.

습니다. 눈은 오랫동안 자연 눈을 찾으려 두리번댄 끝에 찾아낸 접시꽃 씨앗으로 만들었습니다. 지느러미와 꼬리는 이게 무슨 쓸모가 있으랴 싶어 버릴까 하다 넣어둔 접시꽃 씨방 받침을 적당히 찢어서 붙였습니다.

그런데 고민이 생겼습니다. 이렇게 잘 만든 물고기들을 어떻게 해야 물속에 사는 것처럼 할 수 있을까 싶어서입니다. 한 달 남짓 그 생각을 하다가 잠결에 답을 얻었습니다. 꿈속에서 산신령님이 주신 영험한 답은 가장자리에 테두리를 만들어 어항처럼 만드는 것입니다.

어느 날, 숲 나들이하다가 바닥에 떨어진 함박꽃나무 열매껍질을 주웠습니다. 희한하게 생겼으니 뭐가 돼도 되겠다 싶었습니다. 나뭇가지에 붙어 있던 열매 끝을 입으로 치니 언뜻 해마 같기도 했습니다. 이 녀석이 해마가 되고 싶은 모양이군! 그렇다면 어떻게 해야 할까 나는 또 고민했습니다. 궁리 끝에 열매 두 개를 맞붙이고 끝을 적당히 구부려 꼬리 모양을 내서는 해마를 만들기로 했습니다. 가지에 붙어 있던 열매 끝이 하나는 해마의 주둥이가 되고, 다른 하나는 꼬리가 된 것입니다.

쭉정이로 뭔가를 만드는 게 참 재미있습니다. 처음 만들기에 빠졌을 때는 어찌나 집중했는지 아침에 앉으면 저녁이 다 돼서야 일어나곤 했습니다. 무엇에 몰입하면 그것이 명상이라는데,

그런 점에서 나에게 쭉정이로 만들기는 명상입니다. 씨앗이 여문 뒤 껍데기만 남은 쭉정이든, 익기도 전에 다른 열매를 위해 자기를 희생한 쭉정이든 그들의 시간과 마음을 생각하는 것도 마음공부가 됩니다. 돌아간다는 것에 대해서도 생각하게 됩니다. 버려진 것을 들여다보면서 그들의 시간과 노고에 손뼉 치고 집중하는 시간이 행복합니다. 그러다가 뭔가 만들어질 때의 기쁨이 또 상당합니다. 더 말할 것 없이 만들기가 나에게는 치유입니다. 내 멋대로 생각하는 것이지만, 쭉정이를 들여다보면서 나는 그들의 마음을 아는 듯싶기도 합니다.

아는 만큼 보이고, 보인 만큼 느끼고, 느낀 만큼 사랑하고, 사랑한 만큼 깊어지고, 깊어진 만큼 고요해진다고요? 어휴, 말이 깁니다. 아는 만큼 고요해진다니 이 말씀을 생각하면 내가 쭉정이로 치유되는 것이 맞는 듯합니다. 언제 쭉정이의 마음을 들여다보고, 쭉정이로 만드는 일에 집중하면서 치유 받는 느낌이 들면 좋겠습니다.

낙타가 된 지地의 쭉정이

다섯

숲에 다니면서 꽃과 나무의 모습을 보고 배우며 그들의 마음을 들여다보는 것은 나의 취미이자 행복입니다. 그러다 뭔가 기발하게 바뀔 것처럼 생긴, 내게 오고 싶어 하는 쭉정이를 만나면 행복은 배가 됩니다.

이런 취미에 보태 나에게는 버릇이라고 할 행동이 또 있습니다. 목공소에 가서 쓰레기통을 두리번거리는 것입니다. 이름 하여 '목공소의 쭉정이 찾기'입니다. 목공소 쓰레기통에는 자연목이든 합성목이든 조각나 버려진, 그러나 내게는 소중히 쓰일 나무판자가 반드시 있습니다. 목공소 쓰레기통을 뒤지다 이번에도 딱 맘에 드는 원목 나무판자를 만났습니다. 모래 같은 색, 모래 위에 그려진 바람 무늬, 피라미드 모양까지 보자마자 '이건 사막이다' 싶은 나무판자였습니다. '사막에는 당연히 낙타가 있어야지' 나는 바로 낙타 만들기에 들어갔습니다.

기다란 목에 성큼성큼 걷는 긴 다리, 먼 데를 그리워하는 듯한 눈빛, 사막의 길고 고단한 여정 속에 오아시스를 그리는 낙타입니다. 내가 만들었어도 마음에 듭니다. 그 모양이 괜찮습니다. 나는 갖다 붙이기만 했는데, 만든 건 쭉정이고 목공소 쓰레기통에서 주운 나무판자인데 내가 으쓱해집니다. 그리고 쭉정이한테 나무한테 고마워집니다. 모름지기 고마운 걸 알아야 인간이지, 나는 또 잘난 척을 합니다.

낙타는 자식 사랑하는 마음이 대단합니다. 사막의 대상들이 긴 여로 중간쯤 새끼 낙타를 죽여 묻는답니다. 그러면 어미 낙타는 오는 길에 영락없이 새끼가 묻힌 길을 따라 걸어온다고 합니다. 어미 낙타의 아픈 마음을 대상들이 길잡이로 이용하는 겁니다. 낙타로서는 슬프고 억울한 일입니다. 그래서 낙타 눈이 그렇게 슬픈 모양입니다. 예나 지금이나 사람들이 참 죄 많이 짓고 삽니다.

그래도 낙타는 울지 않습니다. 물이 부족한 사막에서 뺄 눈물이 없기 때문입니다. 운다는 건 빼낼 물이 아직 남았다는 것, 낙타를 보면 우는 것조차 사치인 걸 알 수 있습니다. 너무 슬플 때, 도망갈 곳이나 숨을 곳조차 없을 때는 눈물도 나지 않는다는 걸 나도 압니다.

낙엽송 솔방울로 몸통을, 덜 익은 목련 씨방으로 다리를, 오
리나무 솔방울로 머리를 만들었습니다.

눈빛이며 긴 목, 느린 걸음, 체중 대비 가장 적게 먹는 등 낙타의 모든 것이 나를 아프게 가르칩니다. 산다는 게, 죽는다는 게 무엇인지 알았나 봅니다. 낙타가 울지 않는 것은 전생부터 완전 무장을 하고 태어났기 때문인지도 모릅니다. 세상 누구보다 깊어서 안쓰럽고 연민할 수밖에 없는 생명, 그래서 쭉정이 낙타가 더 애착이 갑니다. 낙타가 그만 슬펐으면 좋겠습니다.

아유르베다의 지각 이론과 숲 치유 원리

아유āyur는 '삶' '생활', 베다veda는 '앎'을 뜻하는 산스크리트어입니다. 아유르베다는 '생명과학' '생활 과학'을 뜻하며, 우주와 인간을 연관해서 고찰하는 인도의 전승 의학입니다. 인도에서는 지금도 5년제 대학에서 교육과 연구를 하고 졸업하면 의료인으로 종사합니다. 최근에는 서양에서 대체 의학으로 많은 관심을 받고 있습니다.

아유르베다는 중심 원리를 '세계와 인간의 동일(loka-puruṣa sāmya)'에, 중심 철학을 '불살생(아힘사ahimsā)'과 '생명 경외'에 두고, 인간의 건강을 몸과 마음, 영혼의 결합에 초점을 맞춰 육체적·심리적·영적 차원을 함께 고려하는 의학 체계입니다. 또 인간의 체질을 신체적인 체질과 정신적인 체질로 나누고, 체질에 맞는 음식 섭취와 요가 수련 등을 통해 신체적 체질이 균형을 이룰 때 정신적 체질도 건강해진다고 설명합니다. 아유르베다 의학이 펼쳐진 장소가 주로 숲이라는 점에서 아유르베다는 특히 숲에서 활용할 때 유용합니다.

아유르베다는 우주를 체계화하는 원리로 공·풍·화·수·지 '5요소 이론'을 사용합니다. 세계가 공·풍·화·수·지 5요소로 구성된 것과 같이 인간도 5요소와 영혼으로 이뤄지며, 이 때문에 세계와 인간이 소통·교감할 수 있다고 봅니다. 성聲·촉觸·색色·미味·향香을 공·풍·화·수·지 5요소의 감각 물질로 연결하면서 인간의 오감(청각·촉각·시각·미각·후각)을 설명합니다. 서양의학과 달리 지각perception을 육체śarīra와 마음manas, 영혼ātman과 함께 생명āyu의 구성 요소로 중시하는 점이 특별합니다. 지각은 생명의 시작과 끝을 알리는 중요한 표징liṅga이며, 육체와 영혼의 작용을 연결하는 다리 역할을 한다고 설명합니다.

아유르베다의 지각 이론에서 먼저 살펴볼 것은 물질의 인식 과정입니다. 인간은 공·풍·화·수·지(성·촉·색·미·향) 5가지 감각 물질을 청각·촉각·시각·미각·후각 5가지 감각기관을 통해 인식함으로써 듣고 만지고 보고 맛보고 냄새 맡는다고 설명합니다.

지각 이론에서 다음으로 살펴볼 것은 사람의 감각기능indriya입니다. 아유르베다에서는 인간의 감각기능인 시각·청각·후각·미각·촉각이 영혼과 마음을 연결하는 것으로 보고, 감각기능을 작용하게 하는 가장 중요한 원리로 마음의 동기부여를 꼽습니다. 애초에 의식성이 없는 마음이 활동성을 갖추기 위해서는 영혼에서 의식성을 받아야 하며, 그 결과 육체와 마음, 영혼이 연결되기 때문이라고 설명합니다. 아유르베다 지각 이론에 비춰볼 때 숲 치유에서 감각의 체험과 마음의 지속적인 바라봄〔觀〕은 중요합니다. 감각이 외부 세계와 몸을 연결하고, 마음은 몸과 영혼을 연결해 육체와 마음, 영혼의 결합을 가능하게 하고 전인적인 치유를 가져오기 때문입니다.

숲 치유가 숲이라는 감각 물질의 집합 공간에서 진행된다는 점에서 숲의 치유 활동은 모두 감각 체험입니다. 아유르베다에서는 마음이 동기화하는 5가지 감각기능이 감각을 순수한 마음으로 잘 소화할 때 행복이나 만족감, 감동의 기억을 갖게 되고, 잘 소화하지 못할 때 인상은 독소가 돼 신체의 이상을 발생시킨다고 설명합니다. 순수한 마음을 발생시키는 감각의 긍정적이고 반복적인 사용은 뇌에 행복으로 가는 신경망을 만든다는 점에서 중요합니다. 감각을 통해 들어오는 외부의 대상은 인식적 지식으로 그치지 않고 이어지는 마음의 변화를 통해 존재론적 지각을 가능하게 하며, 존재 자체를 치유의 상태인 지복ānanda의 상태로 바꿉니다. 이것이 감각의 인식에서 마음의 형상을 바라봐야 할 이유입니다.

아유르베다 지각 이론이 감각적 인식의 과정을 물질적이고 생리적이고 심리적 흐름의 특징이 있는 심리−신체적psycho−physical 과정으로 상정한다는 점은 현대 의학적으로도 큰 가치가 있습니다. 정신신경면역학을 비롯한 현대 의학에서도 몸과 마음이 깊이 관여하고 있음을 증명하기 때문입니다.

숲에서 치유를 위한 실제적 방법으로 숲 치유의 전 과정에 마음을 지속적으로 바라보는〔觀〕것이 필요합니다. 바라봄prakāsa의 과정에 물질적·신체적·해부학적 대상이 점차 생리학적 대상으로 옮겨 가고, 이어 심리학적 대상으로 옮겨 갈 때 치유는 완결성을 갖추고 인간은 자연 치유력을 회복하기 때문입니다. 이로써 아유르베다 지각 이론의 체계적 실행은 물질·몸·마음·영 차원의 전인 치유를 가능하게 합니다.

아유르베다 이론은 '세계와 인간의 동일'을 바탕으로 대우주와 소우주, 환경과 인간, 건강과 질병 등에 대한 통찰과 둘의 연관성을 잘 설명합니다. 생태적·환경적 스트레스가 우주적·영적 차원의 주요 스트레스라는 점도 숲 치유에서 아유르베다 이론의 역할은 분명해 보입니다.

아유르베다에서 대상을 지각하는 매 순간은 존재를 확인하는 치유의 순간입니다. '지금, 여기!'에 내가 존재하고 있음을 느끼고 인식하는 것만큼 커다란 영적 치유의 순간은 없습니다. 공·풍·화·수·지 5요소를 이해하기 위해 그 특징을 간략히 정리합니다. 용어가 다소 낯설지만 어렵진 않습니다. 천천히 읽어 내려가면 됩니다.

공과 소리의 치유

첫째

주로 에테르라고 번역되는 공空, śūnyatā은 '아무것도 없음' '무저항성' '무한히 넓음'이라는 뜻입니다. 사람들은 공을 말하면 아무것도 없는 무無로 여깁니다. 있다〔有〕와 없다〔無〕로 양분하는 것이 사람들 사고방식의 특징이기 때문입니다. 그러나 공은 '비다', 무는 '없다'는 점에서 둘은 완전히 다릅니다. 인도에서 수는 0에서 시작합니다. 0은 인도에서 발견한 양수와 음수의 기준이 되는 숫자입니다. 아라비아인들이 이를 유럽에 전하면서 0이 지금과 같이 쓰이게 됐습니다.

0의 발견이라니, 둥근 형체와 물체를 공이라고 부르는 것, 수학에서 영과 공이라는 말을 동시에 쓰는 것, 불교에서 깨달음을 공이라고 하는 것 등 아무 생각 없이 습관적으로 써온 공이라는 말의 의미가 새롭게 다가오면서 머리를 세게 얻어맞은 것 같았습니다. 무소유란 아무것도 갖지 않는 게 아니라 불필요한 것을 갖지 않는 것이라는 법정 스님의 말씀도 쉽게 이해됩니다.

　공空은 숫자 0과 같은 의미입니다. 0을 기점으로 음수와 양수가 구분되지만, 0은 양수도 음수도 아닙니다. 공이 모든 부정적·긍정적 양극을 초월하는 지점이라는 점에서도 둘은 같습니다. 중용이나 도道와도 통한다고 할 수 있습니다. 또 0이 모든 계산으로 어떤 경우에도 자신을 벗어나지 않는 것, 공은 실재로서 모든 변화에도 자기 본질을 지키는 것이 같습니다. 0은 혼자서는 그 힘이 제로지만, 다른 숫자가 왼편에 오면 숫자의 힘을 증대하는 특징이 있습니다. 0의 이와 같은 특징은 공이 내적 본질을 통해 막대한 에너지를 얻는 경우와 같습니다.

　지구가 둥근 것처럼 하늘의 별이 모두 둥글고, 기가 막히게 무거운 그들이 우주라는 허공에 둥둥 떠 있는데도 부딪히지 않고 잘 돌아가는 현상은 인간의 과학적 상상력과 한계를 벗어납니다. 양자물리학에서는 이런 현상을 공空이 우주에 가득 찬 데서 나오는 강력한 에너지 흐름 때문으로 설명합니다. 나는 공이 바로 사랑과 모성의 힘이라는 걸, 사랑과 모성이 세상을 지키는 힘이라는 걸 숲에서 느낍니다. 그래서 공이 따뜻한 마음의 물질이라는 걸 이해하게 됩니다.

공의 가장 큰 특성은 무저항성이고, 그다음이 소리입니다. 공간이 생겨나고, 이어 소리가 생겨났다고 여기기 때문입니다. 공은 소리의 모체입니다. 여기에 소리를 통한 치유의 중요성이 있습니다. 그것이 공의 치유로 이어지기 때문입니다.

공空(소리)은 공·풍·화·수·지 5요소 측면에서 처음 나타남이고, 치유를 위한 정화의 마지막 단계에 있다는 점에서 마음으로 들어가기 위한 마지막 원소입니다. 공의 비움과 침묵의 측면이 심신의 치유에 큰 영향을 미칠 뿐 아니라, 그들의 균형과 조화가 우주 전체의 균형이나 조화와 맞물려 있는 것은 이 때문입니다.

공을 통한 소리의 작용은 세상이나 외부의 소리를 듣는 데 그치지 않고, 자신의 내적 음성과 만나 내적 영혼과 접촉함으로써 깨달음의 영감을 갖게 합니다. 이와 같은 사실은 소리를 만드는 '목은 몸이 마음으로 바뀌는 지점'이라는 아유르베다 이론과 맥을 같이합니다. 느린 호흡이 마음을 편안하게 하는 것처럼, 숨으로 마음을 조절할 수 있음을 뜻한다는 점에서 호흡의 중요성, 호흡을 통한 치유의 중요성을 가리키는 지점이기도 합니다. 숨쉬기는 수련 과정에서 길을 잃었을 때 이를 자각하고 다시금 자신을 인지할 수 있도록 길을 안내해주는 일차적인 도구입니다. 마음을 고요하게 하고 치유에 이르기 위한 첫 단계가 천천히 숨쉬기입니다. 성철 스님이 "고요하면 맑아지고, 맑아지면 밝아지고,

밝아지면 보인다"고 한 말씀도 호흡을 통한 치유의 중요성과 맥을 같이합니다. 내가 속상할 때 엄마가 내 등을 쓰다듬으면서 천천히 숨 쉬라고 한 이유를 이제야 알 듯합니다.

삶과 죽음은 존재의 양면입니다. "들이쉬는 숨은 삶이고, 내쉬는 숨은 죽음"이라는 인도 철학자이자 영적 지도자 오쇼 라즈니쉬의 말을 빌리면 인간을 포함한 모든 동물은 호흡마다 죽고 다시 태어나는 겁니다. 고대 인도에서는 호흡수로 삶을 헤아렸으며, 인간은 태어날 때부터 일정한 호흡수를 갖고 나온다고 믿었습니다. 호흡이 느린 코끼리는 오래 살고 호흡이 짧은 개는 수명이 짧다는 사실에서 호흡을 빠르게 하면 일찍 죽고, 호흡 간격을 늘여 천천히 하면 그만큼 더 오래 산다는 것을 알 수 있습니다. 호흡이 호흡 명상이나 심호흡 수련을 통한 치유 과정에 시사하는 바가 적지 않습니다.

소리(聲)와 청각

힌두교와 아유르베다에서는 신을 부를 때 옴aum이라는 소리를 우주로 보내고 다음으로 침묵한다고 합니다. 'A.U.M.(아.우.움) 그리고 침묵'을 우주에 있는 네 음절이라고 생각하기 때문입니다. A.U.M.을 우주로 보내고, 침묵으로 신의 응답에 마음을 모으는 겁니다. 어쩐 일인지 나는 침묵이라는 대목에서 울컥 눈물이 낳습니다. 내 떨림이 신에게 가고 우주까지 가는데, 내 떨림이 너에게 가서 울림이 되는 그런 삶을 살았는지 생각하며 침묵 속에 있을 고개 숙임과 두 손 모음, 존재의 나약함과 간절함을 느낀 것 같습니다.

인간을 포함한 동물의 의사소통 수단 중 소리를 이용하는 방법이 가장 에너지 소모가 크다고 합니다. 말을 많이 할 때뿐만 아니라, 일방적으로 들을 때도 피곤한 것은 이 때문입니다. 이와 같은 사실은 소리 반대편에 있는 고요함이나 침묵의 치유 효과를 가늠하게 합니다. 심호흡과 명상, 묵언 걷기 등 침묵을 소리 치유의 대상으로 활용한 것은 마음 치유로 가는 훌륭한 길로 보입니다.

청각을 통한 일반적인 치유로 음악 치유music therapy와 소리 치유가 있습니다. 음악 치유란 즐겁고 창조적인 음악적 경험을 통해 신체나 심리, 정신의 이상 상태를 복원하고, 이를 유지·향상할 목적으로 음악을 사용하는 활동을 말합니다. 노래를 부르는 민족은 행복한 민족이라고 합니다. 멀리 민족까지는 잘 와닿지 않지만, 내 경우는 행복할 때 노래가 나오기도 하고 노래할 때 행복해지기도 합니다. 그때마다 마음이 편안해지고 시름이 사라진 것 같아 노래의 치유 효과가 마법 같다고 생각합니다. 내가 부르는 노래를 듣는 것, 예를 들면 고요한 시간에 혼자 부르는 콧노래는 내가 지금 얼마나 행복한지 바라보고 듣게 한다는 점에서 더욱 치유의 힘을 발휘한다고 합니다.

오늘날 노래를 흥얼거리고 싶은 마음이 들지 않는 것은 어쩌면 우리가 소음에 갇혀서, 고요함에서 분리돼 그런 게 아닐까 싶습니다. 많은 현대인이 겪는 우울이 대부분 인간의 말을 침묵과 분리함으로써 말을 고독하게 만든 결과라는 말씀은 현대가 침묵을 통한 말의 치유가 얼마나 필요할 때인지 생각하게 합니다. 도시와 문명의 발달로 만들어진 여러 소리가 우리를 외롭고 아프게 하는 것 같습니다.

인체에서 시각 다음으로 중요한 정보 수집의 원천이 청각입니다. 감지할 수 있는 소리에는 정보가 있습니다. 이것이 의식은 물론 무의식까지 포함하는 소리의 마음입니다. 청각은 시각과 비교할 수 없을 정도로 어조와 음색의 범위가 넓고, 화학적 민감성 면에서 미각과 후각보다 훨씬 유연합니다. 사람들이 숲의 소리를 통해 존재를 이해하고 삶의 순리에 대한 단상을 얻으며, 숲의 소리가 주는 감동으로 예술적 영감을 얻는 것은 이 때문입니다. '태초에 말씀이 있었다'는 성경 구절을 볼 때도 어쩌면 시각보다 청각이 치유 본연의 힘이 많은지 모른다는 생각이 듭니다. 숲으로 침잠이 자연과 교감을 가능하게 하고, 스스로 자연의 일부임을 느끼고, 자기 치유를 가능하게 한다는 점에서 우리는 숲에서 침묵하는 것만으로도 큰 치유를 얻을 것입니다.

시각은 인간 감각의 80퍼센트 이상을 담당합니다. 시각을 차단하면 촉각과 청각 등이 예민해지고, 상상력이 살아납니다. 구전으로 전해오던 '일리아드'와 '오디세이'를 정리한 호메로스는 시각장애인이라고 합니다. 사물이 보이지 않는 이의 상상력이 고전 명작을 탄생시킨 것입니다. 시각을 차단하고 소리를 들을 때 감각이 소리에 집중되면서 몰입하고 상상력이 발동합니다.

소리 체험이 우리 일상의 '낯설게 하기'를 가능하게 합니다. 특히 숲에서 소리 듣기를 통해 내가 얼마나 많은 생명과 함께 사는지, 내가 사는 세상이 얼마나 아름다운지, 그들의 세상에 내가 존재한다는 사실이 얼마나 경이로운 일인지 등을 알게 됩니다. 더불어 숲의 소리가 어떻게 문명의 소리와 다른지, 왜 세상의 소리가 스트레스로 작용하는지, 내가 건강하고 행복하기 위해서 어떻게 해야 하는지 깨닫게 합니다.

숲의 소리는 특히 음악에서 악상의 영감을 가져옵니다. 러시아의 위대한 작곡가 차이콥스키가 자작나무 숲을 거닐던 감동으로 교향곡 4번 4악장에 자작나무를 끌어들이고, 소리를 듣지 못하는 베토벤이 숲을 바라보면서 '전원교향곡'을 작곡한 사실 또한 숲에서 받은 영감 덕분이었을 겁니다. 나무 아래에서 설법하려던 선사가 마침 시작된 새의 노랫소리에 침묵하다가 새가 다

지저귀자 "설법은 끝났다"라고 했다는 이야기도 자연의 소리에 있는 순리와 자연의 소리가 인간의 심신에 미치는 치유의 힘을 말하는 것입니다.

숲의 소리는 음색이나 음질이 일상의 소리와 다릅니다. 숲의 소리를 들었을 때 대뇌 전두엽은 무음無音일 때와 비슷한 진정 상태를 보였으며, 자연의 소리를 들은 것만으로 인체의 교감신경 활동이 진정된 실험 결과가 있습니다. 우리가 자기도 모르는 사이에 숲에서 마음의 위안을 얻고 기대 이상의 치유를 받는 것은 이 때문일 겁니다.

가을밤 숲에서는 보이지 않는데 우리에게 말을 거는 곤충의 소리를 자주 듣게 됩니다. 풀벌레 소리는 고향이 떠오르고, 동심으로 돌아가게 하는 힘이 있습니다. 숲길을 거닐며 풀벌레 소리와 자신이 부르는 노래를 듣고 어린 시절의 추억을 나누는 것은 동심과 향수를 불러와 편안하고 행복한 마음을 선물해줍니다.

자연계에는 시각과 후각, 미각 등 감각에 제한적인 동물이 많지만, 듣지 못하는 동물은 없다고 합니다. 이 사실은 인간이 숲이라는 장소에 들었을 때의 태도를 가늠하게 합니다. 인간이 느끼고 듣는 소리의 크기나 억양이 숲의 주인인 동물이나 미물에게는 엄청 큰 소리가 될 수 있습니다. 불살생이란 단지 살생을 금하는 것이 아닙니다. 배려와 정성도 사람에게만 향해선 안 됩니다. 만유신론의 진정한 의미는 살아 있는 모든 것을 떠받치는 힘이라는 점에서, 세상 모든 물상은 연민과 사랑의 시각 안에 있어야 합니다. 살아 있는 모든 것을 떠받치는 힘이 인간의 치유에 영향을 미치는 것은 당연하기 때문입니다.

바람과 어루만짐의 치유

둘째

바람〔風〕

물질의 5요소 중 둘째 요소인 바람vāyu은 그보다 미세한 물질 요소인 촉觸에서 전개돼 나타나고, 피부를 통해 인식합니다. 바람은 주로 공기로 번역되며, 본질적 원리는 운동성입니다. 차크라에서는 축복의 영역으로 가는 길에 놓인 네 번째 차크라(가슴 차크라, 아나하타 차크라)와 연결됩니다. 가슴 차크라는 접촉하는 능력과 동시에 모든 것과 접촉하고자 하는 자발성이 있어, 자연의 아름다움뿐 아니라 음악과 시각적인 예술, 시에서 발견할 수 있는 조화를 인식합니다. 색은 치유와 교감, 조화의 색인 녹색과 순수하고 이기심이 없는 사랑의 색인 분홍색에 속합니다. 숲에서 흔한 녹색 나뭇잎과 분홍 계열 꽃이 사랑과 부드러움, 편안함을 느끼게 해 자연스럽게 가슴 차크라의 치유에 이를 수 있습니다.

아유르베다에서는 어떤 감각기능도 접촉 없이 가능하지 않으며, 마음이 촉각을 주관한다고 봅니다. 이는 모든 감각기능이 직접 신체와 마음에 질병을 유발할 가능성이 있다는 의미를 함축합니다. 이는 현대 의학에서 말하는 질병 발생 원인, 특히 생의학적 병인론과 연관되면서 설득력을 얻습니다. 느린 호흡과 천천히 걷기는 바람(風) 요소의 정화를 통해 마음의 고요를 가져오게 한다는 점에서 치유적입니다.

자신을 떨구면서 쉼 없이 나고 죽는 식물, 숲에서 만나는 동물의 사체나 흔적을 통해 삶과 죽음, 약육강식의 먹이사슬, 인간의 삶에 대해 생각하게 됩니다. 인간의 잘못된 삶으로 고통 받는 뭇 생명에 대해 생각하고 반성하면서 영적 성장과도 연결됩니다.

어루만짐(觸)과 촉각

우리 일상에서 촉각은 흔히 사랑을 표현하는 척도로 여겨왔습니다. 이는 현대 생리학자들이 면역 물질의 분비에 관여하는 정도를 기준으로 제1의 뇌는 머리, 제2의 뇌는 장, 제3의 뇌는 피부에 있다고 하는 말과도 통합니다. 제3의 뇌라고 하는 피부를 통해 인지하는 촉각은 인간이 태어나면서 처음 느끼는 감각으로, 시각을 포함한 모든 감각을 확장합니다. 동시에 감각적 사고와 상상력을 촉발하고, 시각을 통해 들어온 감각을 완성하거나 시각이 가져온 오해를 해소해 몸과 마음의 균형을 잡게 합니다.

시각, 청각, 후각, 미각 등은 입자나 파동과 '접촉'을 통해 이뤄집니다. 그러나 촉각은 이와 같지 않아 촉각을 오감의 일부가 아니라 원천적 감각, '줄기 감각stem sense'으로 보기도 합니다. 플라톤은 감각의 서열을 시각-청각-후각-미각으로 나열하며, 촉각을 특별한 기관이 없다는 점에서 독립된 감각이 아닌 감각으로 간주했습니다.

그러나 촉각에 대한 현대의 해석은 다릅니다. 접촉은 우뇌가 관여한 소통으로, 접촉 행위는 우뇌를 활성화합니다. 아기와 엄마의 신체 접촉은 아기 우뇌와 엄마 우뇌의 직접 소통을 가능하게 하고, 이때 생기는 심리적 안정감이 아기의 애착 형성으로 이어지며, 장차 사회적 의사소통에 영향을 줍니다. 친근한 사람들의 신체 접촉은 옥시토신을 분비하고, 마사지는 우울증 환자의 타액 내 코르티솔과 불안을 줄여줍니다. 이런 사실은 스트레스 반응의 조절과 치유에서 피부감각의 중요성을 말합니다.

촉각은 동심이나 어린 시절을 떠올리고 향수에 젖게 하는 힘이 있습니다. 시냇물에 손을 담그는 체험과 함께 들려오는 '퐁당퐁당 돌을 던져라' 같은 노랫소리, 어린 시절 고향의 풍경과 추억, 돌탑을 쌓아가면서 어머니가 기원하는 모습이 떠오르고 어머니의 음성을 듣는 듯한 느낌이 그것입니다.

발은 생명의 근원인 땅 에너지와 주요 연결체입니다. 발바닥에 닿는 땅의 촉감에 집중하는 것만으로 몸속 에너지의 흐름과 활기, 편안함이 증가합니다. 발은 몸의 각 부위에서 발산한 쓸모없는 에너지를 방출합니다. 몸의 모든 기관과 차크라를 관통하는 에너지 흐름은 발에서 시작하고 끝납니다. 이런 점에서 맨발 걷기는 촉의 치유로 좋습니다. 맨발 걷기나 길과 만남은 지구와 나의 만남이기도 합니다. 우주 속 땅별에 티끌로 존재하는데, 세상에 어떻게 존재하느냐보다 이 지구에 지금 내가 실재하고 있다는 사실이 놀랍습니다. 내 존재를 들여다보고 지금의 나를 느끼고 사랑하는 체험이 치유가 되는 것은 당연합니다.

시력을 잃은 사람이 청각과 촉각이 예민하게 발달하듯, 눈을 감은 상태에서 촉각은 더 예민해집니다. 편안한 숲에서 손잡고 걷거나, 눈을 감은 사람의 손을 잡고 그를 아름다운 풍경으로 인도해 인간에 대한 신뢰나 자연의 경이로움을 느끼도록 하는 일은 개인의 행복감을 키우고 사람 사이의 친밀감을 강화해 치유를 가져옵니다.

'미시령 노을'은 숲에서 사소한 나뭇잎 하나와 만남[觸]조차 존재와 우주에 대한 사유로 확장될 수 있음을 보여주는 시입니다. 자연현상을 통해 확장된 우주에 대한 사유가 인간의 마음과 치유에 영향을 미칩니다.

숲은 부드럽고 편안하고 물 흐르듯 자연스러워, 숲에서 얻을 수 있는 다양한 촉감으로 영민해진 우리의 감각은 내면의 치유와 연관됩니다. 그러나 숲이 늘 편안한 것은 아닙니다. 때로는 거칠고 딱딱하고 날카롭기도 하지만, 걱정할 일은 아닙니다. 차가운 목재를 주관적으로 불쾌하게 느끼더라도 인체는 스트레스를 받지 않기 때문입니다. 학자들은 이런 현상을 인체의 생리 기능이 선천적으로 자연과 적응하는 데 맞춰져 있기 때문으로 봅니다.

촉각을 활용하는 자연 치유 요법에는 지압요법과 마사지, 카이로프랙틱Cairopractic, 추나요법 등이 있습니다.

불과 색의 치유

셋째

불〔火〕

아유르베다에서 불〔火〕은 물질의 5요소 중 셋째 요소입니다. 우주의 질서 체계에서 형태와 성질의 변환이 일어나게 하는 기능이 있습니다. 사물에서는 모양과 색, 빛 등 모든 시각적인 형태를 제공하는 일을 하며, 차크라에서는 세 번째 차크라(태양총 차크라)와 연결되고, 색은 노란색과 황금색이 관계됩니다.

티베트 불교에서는 인간을 빛과 공간으로 이뤄진 만다라라고 합니다. 인간은 애초부터 치유의 형상을 띤 완벽한 존재니, 그 사실을 믿고 기쁨과 호기심의 물결을 타고 나가라는 것입니다. 아는 만큼 보이듯, 우리의 시각을 결정하는 것은 마음과 함께 내 안에 있는 빛의 양입니다. 내 안의 빛을 늘리는 활동을 통해 내적인 전체성을 증가시키고, 내면을 빛의 지혜와 황금빛의 풍부

함으로 채워야 합니다.

　내 안의 빛을 늘리는 활동은 해바라기를 바라보는 것과 같은 만다라 묵상, 태양 빛에 익은 황금색 밀밭의 묵상 등이 있습니다. 아무렇지도 않던 밀밭이 어린 왕자의 금빛 머리칼과 만나면서 밀밭을 스치는 바람 소리조차 기쁘게 들을 마음이 되는 것은 이와 같은 활동으로 가능합니다.

　아무리 좋은 사진기도 두세 줄로 선 사람들의 초점을 완벽하게 맞출 순 없습니다. 인간을 비롯한 척추동물의 눈은 생물 기관 중 가장 탁월합니다. 사람에게 시각으로 받아들이는 정보가 많고 중요한 위치를 차지합니다. 시신경이 인간의 말초신경이 소비하는 에너지 가운데 약 90퍼센트를 소비하며, 시각 정보가 뇌에서 처리하는 정보량은 전체의 80퍼센트에 달한다는 사실을 놓고 볼 때, 시각은 인간 감각의 핵심입니다. 그러나 감각기관의 기능과 신경학적 처리 양식이 사람마다 다르고, 우리가 보는 내용은 50퍼센트 이상 실제로 눈으로 들어온 정보에 근거한 게 아니라 어떤 것을 보고자 하는 동기나 기대(마음)에 따라 구성됩니다. 같은 장소 같은 시간이라도 상대가 보는 것과 내가 보는 게 다르고, 그 느낌도 그때마다 다릅니다. 이것이 시각적 대상의 바라봄에서 마음을 배제할 수 없는 이유입니다.

색色과 시각

아유르베다에서는 오래전부터 병의 진단과 치료에 색을 사용했습니다. 진단할 때는 몸의 색을 관찰하고, 치료를 위한 약물 선택에도 색을 활용했습니다. 색의 진동은 들리지 않고 인체 주위에 존재하는 에너지 장인 오라aura와 피부 내분비 체계와 연결되는 차크라를 통해 흡수됩니다. 이에 따라 아유르베다에서는 색을 '눈으로 듣는 소리'라고 말합니다.

컬러 치유를 통해 신체적·심리적·영적 변화가 가능하며, 이 변화는 현대 과학적 치유 효과로 설명됩니다. 아유르베다 차크라 이론으로 볼 때 빨간색은 에너지 충전과 활력, 주황색은 긍정적 태도와 활기, 노란색은 영감 자극, 녹색은 신경계 진정과 피로감 회복, 파란색은 우울감 회복과 진정, 보라색은 정신 활동 자극과 면역계 활동 향상의 효과가 있습니다.

색color은 인간에게 신체적·심리적·영적으로 많은 영향을 주는 것으로 나타납니다. 컬러 요법은 광선과 색깔에 초점을 맞춰 인간의 신체적·정서적·사회적·영적 측면의 능동적 참여를 통해 참살이well-being를 이루는 것을 목표로 삼습니다. 미술 치료 또한 신체적·정서적·사회적·영적 요소를 두루 다룬다는 점에서 컬러 요법과 뗄 수 없는 개념입니다.

엽록소가 빛을 흡수해 아데노신3인산Adenosine TriPhosphate, ATP*

으로 변환되는 것은 생태계의 모든 생명체가 생명 활동을 영위하는 데 필요한 에너지 생성의 첫 단계입니다. 빛이 색을 만든다는 점에서 숲이라는 거대한 색계는 단단하게 안정화된 빛의 덩어리입니다. '알면 보이고 보이면 느끼고 느끼면 사랑하고 사랑하면 깊어진다'는 말이 있습니다. 마음을 더해 보는 만큼 사랑하는 것이 많아지고, 그것이 곧 인간적 깊이를 더하는 치유의 길입니다.

식물은 공기와 빛의 합성을 꼭대기인 꽃에서 실현해 선지자와 비교되기도 합니다. 나무를 비롯한 식물을 바라보며 밑바탕의 가치를 흔드는 꼭대기의 가치, 수직의 가치에 대해 생각하는 시간이 내면을 성찰하게 하고, 자신을 풍요롭게 합니다. 숲에서 나무를 통한 치유는 다양하고 유용합니다. 특히 나무의 분지分枝 구조인 프랙털fractal 패턴 구조로 긴장을 이완하는데, 이와 같은 현상은 오래전 인류가 살던 사바나 환경에서 이완과 연결됩니다. 나무 올려다보기 같은 단순한 움직임을 통해 삶의 긴장이 이완되고 치유되는 것은 이 때문입니다.

---

* 지구에 있는 모든 생명체의 활동에는 ATP가 필요하며, 이는 동물과 식물, 미생물 심지어 바이러스까지 동일하다. 이를테면 세포가 가지고 다니는 보조 배터리라고 할 수 있다.

나무는 적당한 거리가 서로 잘 살게 하고, 붙어 있을 때 서로 나쁜 영향을 끼칩니다. 적당한 거리가 주는 어울림과 편안함, 관계의 의미를 우리 삶의 의미에 대입해봅니다.

눈에 보이는 숲은 그 자체로 아름다운 시가 되고, 노래가 됩니다. 은빛 껍질에 나목裸木이 아름다운 자작나무를 노래한 백석의 '백화白樺'가 그렇고, 나무의 벗은 몸이 이 세상을 정직하게 한다고 노래한 고은의 '자작나무 숲으로 가서'가 그렇습니다. 보리스 파스테르나크의 원작 소설을 영화화한 〈닥터 지바고〉에서 '라라의 테마'가 흐르는 가운데 끝없이 펼쳐지는 자작나무 숲은 여전히 많은 이에게 감동으로 남았습니다. 이들 모두 숲의 영감으로 만들어지는 시각적 창작물이 주는 치유와 위로를 이야기합니다.

모든 것을 볼 수 있게 해주는 햇빛은 세로토닌 분비를 늘려 우울감을 줄이고, 스트레스를 완화해 행복감을 증진합니다. 이런 이유로 햇빛 명상, 햇빛 걷기 등 햇빛과 연관된 활동의 일상화가 치유를 가져옵니다.

사물에 대한 상상은 사람에 따라, 시간에 따라 다릅니다. 풍경이나 현상에서 여러 상상과 추억을 불러오는 것은 지식과 경험으로 체화된 내 안의 무의식을 끄집어내 마음의 정화를 가져옵니다. 아름답게 체화된 무의식을 하나 더 쌓아 풍요한 삶의 경험으로 저축하는 일이 되기도 합니다.

물질이 에너지인 빛과 색 그 자체라는 사실에는 눈에 보이는 세상과 시각이라는 감각의 중요성이 있습니다. 햇빛이라는 빛 안에서 시각을 통해 마음의 치유를 얻는 일은 하늘이 준 선물입니다. 마음의 위로와 치유를 위해 아름다운 색과 모습, 그 안에 있는 마음을 찾는 것이 하늘의 선물을 받는 일입니다. 소리를 통한 명상이 만트라라면, 이미지를 통한 시각 명상은 얀트라입니다. 한곳이나 한 물체를 응시하는 명상이나 불 명상, 멍 때리기도 시각 명상에 해당합니다.

숲에서 식물과 곤충이 도움을 주고받는 내면의 모습은 공생과 순리, 삶의 길(道)에 대해 생각하게 합니다. 벌은 노란색과 푸른색 꽃에 잘 모이고, 나비는 붉은색 꽃을 주로 찾아가는 것은 각각 잘 보는 색이 다르기 때문입니다. 자신을 나뭇잎이나 나뭇가지로 보이게 하는 애벌레의 의태는 오랜 적응 현상입니다. 한 발씩 옮겨 정상에 이르듯, 오랜 세월에 걸쳐 이룬 기적과 같은 미물의 모습이 내 습관이 후세의 변화까지 이끌어냄을 알 수 있게 합니다. 자벌레가 휘는 것은 곧게 나가기 위함이며, 연약한 풀이 흔들리는 것은 뽑히지 않기 위함입니다. 나뭇가지와 잎이 쉼 없이 흔들리는 것도 뿌리를 키우기 위함입니다. 존재나 현상에 대한 관심과 연민, 공감은 내가 사는 세상과 모든 생명에 대한 사랑과 이해로 가는 길이며, 우리 마음의 치유로 향하는 길입니다.

물과 맛의 치유

넷째

물〔水〕

물질의 5요소 중 물〔水〕은 감각기관 혀〔舌〕로 유입되어 미각 기능을 거쳐 맛으로 인식합니다. 물로 형성된 미각은 배꼽보다 손바닥 하나만큼 아래 있는 두 번째 차크라(스와디스타나 차크라, 천골 차크라)와 연결되고, 주요 이슈는 성적 만족과 본능, 기쁨과 연결됩니다. 물과 주황색을 연관 지어 수평선에서 찬란하게 떠오르는 해를 바라보는 명상이 두 번째 차크라의 발달을 도울 수 있습니다.

물은 유동성과 응집력의 에너지입니다. 물은 부피를 늘리고, 물질 본래의 통합성을 잃지 않도록 하며, 형태를 바꾸게도 합니다. 인도철학에서는 비율이 다를 뿐, 모든 물질에 공·풍·화·수·지가 있다고 말합니다. 바위에 물의 요소가 없다면 그 모양을 유지하지 못하고 먼지가 될 것입니다. 물은 형상을 유지하게 하는 에너지로서, 단단한 형상을 유지하게 하는 부드러운 요소로서 상징성이 있습니다. 물의 여정에 비춰볼 때 식물의 뿌리를 거치지 않은 물은 없을 것입니다. 물의 여정, 갈증과 생명, 더 낮은 곳으로 흐르는 물의 의미와 순리를 삶에 대비해 관조할 때 마음의 치유가 가능합니다.

《우파니샤드》의 오장설pañca-kośavāda에서는 사람의 겉인 몸은 음식으로 이뤄진다고 말합니다. 이는 음식이 육체를 유지하게 할 뿐만 아니라, 사람의 모든 것을 결정한다는 의미입니다. 매슬로의 5단계 욕구 이론에 비춰봐도 음식은 기본적인 욕구인 생리적 욕구를 채워주는 물질입니다. 음식과 물을 통한 치유는 치유의 시작이라는 점에서 중요합니다.

인간이 태어나기 이전의 태내 환경이 엄마의 양수라는 사실이 갖는 물의 무의식적이고 근원적인 상징성은 여러 종교에 나타난 씻김이나 정화의 의미와 무관하지 않습니다. 고대 농경사회부터 현대사회에 이르기까지 역사에 강을 차지하기 위한 전쟁이 많은 사실에도 물의 소중함에 대한 인식이 있습니다.

물은 모든 생명을 존재하게 하는 근원으로, 이는 인체에도 마찬가지입니다. 물은 우리 체중의 약 70퍼센트를 차지하는데, 이 중 12퍼센트만 빠져나가도 사망에 이를 수 있습니다. 물의 소중함은 일찍이 알려져 물을 치료에 이용하는 수 치료법hydrotheraphy은 고대 이전부터 있었고, 고대 인도나 중국에도 존재한 것으로 나옵니다.

미味와 미각

인도 사상의 영향을 많이 받은 것으로 알려진 《월든Walden》의 작가 소로Henry David Thoreau는 "언덕에서 따 먹은 산딸기가 나의 천재성을 키웠다"며, 미각에서 정신적인 지각과 영감을 받았다는 사실을 고백했습니다. 자연 맛의 경험이 영적 치유의 역할을 할 수 있음을 보여주는 대목입니다.

인간에게 혀는 코와 함께 세계를 처음 인지한, 생명과 밀접한 기관입니다. 코와 혀가 생존과 밀접한 관계가 있듯이, 음식은 그 자체로 생존의 의미가 있습니다. 추억의 절반은 맛에 있고, 맛으로 든 정은 오래간다고 하던가요? 이는 미각이 인간의 감각 중 기억력이 가장 뛰어나고 변하지 않기 때문에 가능한 일입니다.

미각세포나 후각세포가 적은 사람은 미각세포나 후각세포가 많은 사람과 다른 세상을 산다고 할 수 있습니다. 맛을 잘 느끼지 못하는 점이 많은 것을 바꾸기 때문입니다. 미각은 노화에 따라 결함이 생겨, 나이가 들수록 짠맛과 단맛을 감지하는 기능이 퇴화하는 게 일반적입니다.

현대 의학은 치유의 증진을 위해 주로 화학약품을 사용하는 반면, 자연 치유 체계(특히 아유르베다) 의사는 '한결같음의 법칙'에 따라 질병을 치료합니다. 한결같음의 법칙이란 인간의 치유에 사용하는 물질과 살아 있는 몸은 같은 우주적 힘의 산물이라는 사실의 법칙입니다. 자신이 키운 약초와 허브를 이용한 음식으로 질병을 일으킨 원인을 찾아서 해결하거나, 장기와 모양이 비슷한 식물을 이용하는 동종 요법이 한결같음의 법칙에 해당합니다. 아유르베다에서 음식은 최초의 약이자, 가장 중요한 치료법입니다.

아유르베다 치료법에서 채식을 강조하고 약초를 통한 치료를 중점으로 하는 것은 사문 전통의 불살생과 관련이 있습니다. 아유르베다 의사는 이를 바탕으로 생물체나 환경에 해를 끼치지 않는 치유법을 연구하고 실천하고자 했습니다. 아유르베다는 좋은 토양에서 자연과 조화롭게 자란 음식을 권합니다. 이를 '사트바적 음식'이라고 합니다. 사트바적 음식이란 채식, 동물을 살생하거나 해를 끼치는 것과 관련되지 않은 음식, 좋은 토양에서 자연과 조화롭게 자라고 올바른 사랑의 태도와 올바른 방법으로 조리된 자연적인 음식을 말합니다.

배고픈 이에게 먹을 것을 제공해야 하듯, 먹을 것이 충분한 이에게 제대로 먹는 법을 가르치는 것 또한 중요합니다. 제대로 먹는 것이 먹기의 목표이자, 먹기의 성공이어야 합니다. 음식에는 진지한 정신과 즐거운 감각을 결합할 힘이 있기 때문입니다.

　음식과 치료의 합성어 푸드 테라피food therapy는 학문적으로 영양학, 파동 의학, 컬러 테라피 등 자연 치유학 이론이 가미되고 보완된 개념입니다. 푸드 테라피는 자연의 먹거리로 영·혼·육의 생명력과 자연 치유력을 일깨워, 건강하고 수준 높은 삶을 영위하게 하는 전반적인 건강법을 포함합니다. 이런 점에서 푸드 테라피는 아유르베다의 중심 원리인 '세계와 인간의 동일'과 맥을 같이합니다. 푸드 아트 테라피는 '식품을 매개로 한 창의적인 예술 활동을 통해 개인의 심리적 참살이를 향상하고 자아 성장을 추구하는 심리 치료'로 정의된다는 점에서 푸드 테라피가 치유 혹은 심리 치료 영역으로 접근하는 것을 알 수 있습니다. 아유르베다와 같은 동양의학뿐만 아니라 현대 의학에서도 대다수 질병이 음식에 그 원인이 있다고 정의하는 사실을 볼 때, 이런 움직임은 고무적입니다.

　암을 예방하거나 치유하기 위해서는 빨갛고 파란 컬러 푸드를 섭취하는 게 좋습니다. 이는 양자 파동 의학이나 동양의학에서 말하는 컬러의 치유 효과와 맥을 같이합니다. 일반적으로 흰색은 담백하고 개운한 것, 환한 색은 달콤하고 맛있는 것, 붉은색은 매콤한 맛, 중간 채도 노란색은 구수한 맛, 저채도 노란색이나 주황색은 떨떠름하거나 고약한 맛을 연상케 합니다. 이런 연상은 마음이나 기분에도 영향을 줄 것이라는 점에서 치유에 중요합니다.

라일락과 소태나무 잎은 쓴맛이, 여뀌와 으아리 잎은 매운맛이, 싱아와 괭이밥 잎은 신맛이 있습니다. 쓴맛과 매운맛과 신맛은 배설 반사를 자극하는데, 배설 반사가 부교감신경의 반응이라는 점에서 인체는 이들의 섭취로 부교감신경 우위에 있게 됩니다. 따라서 이들의 섭취는 편안함과 이완의 치유 효과가 있습니다.

식물이 번식이나 생장에 필수적이 아닌데 독을 만드는 까닭은 잎을 가해하는 애벌레로 대표되는 천적에게서 자신을 보호하기 위함입니다. 투구꽃, 현호색, 양귀비, 박주가리, 쥐방울덩굴 등이 그 예입니다. 그러나 애벌레 중에는 이들을 섭취하고 독을 몸에 축적해 천적에게서 자신을 보호하는 데 쓰는 녀석도 있습니다. 박주가리의 독을 축적해 사용하는 제주왕나비, 쥐방울덩굴의 독을 축적해 천적을 물리치는 꼬리명주나비와 사향제비나비 애벌레가 그렇습니다. 위기를 기회로 삼고, 약점을 강점으로 소화하고, 입에 쓴 약이나 세상의 독을 자신을 지키는 약으로 삼을 수 있습니다.

음식의 섭취에서 아유르베다에 있는 불살생 정신의 실천은 중요합니다. 모든 덕행과 세속적인 추구는 불살생에서 증강되기 때문입니다. 불살생 정신은 동물뿐만 아니라 모든 생명에 대한 예의입니다. 식물을 먹는 것, 식물을 다루는 것 등에서 생명의 소중함이나 식물의 가치를 외면해선 안 됩니다. 훼손의 경계, 적당한 양 채취, 개체에 대한 고마움 같은 고양된 마음으로 음식을 대할 때 치유가 따라옵니다.

흙과 향의 치유

다섯째

흙〔地〕

아유르베다에서는 식물계의 가지, 잎, 꽃, 열매 등과 동물계의 인대, 근육, 뼈 등 보이는 모든 것이 흙에 의해 만들어진다고 합니다. 흙은 미세한 물질 차원에서 구체적이고 거친 단계로 이동하는 마지막에 나타나는 원소로, 형태와 구조가 드러나게 합니다. 세상 모든 물질을 구성하는 공·풍·화·수·지 5요소를 정화하는 것이 치유라고 할 때, 치유의 시작은 지地를 통한 정화입니다. 공·풍·화·수·지의 마지막에 자리한 흙〔地〕은 앞의 네 가지 성질을 모두 포함하기 때문입니다. 유기물이 무기물로 돌아가고 다시 무기물이 유기물을 형성하는 과정과 아유르베다의 물질 진화 과정인 공·풍·화·수·지는 닮았습니다. 이 과정을 통해 죽음이나 돌아가는 모습이 삶의 다른 모습임을 알 수 있습니다. 이 과정을 인식함으로써 내가 나의 관조자가 되어 마음의 평정과 고요를 찾을 때, 내면의 치유가 가능합니다.

언젠가 작지 않은 상자 꽃밭을 만들어, 그 속에 숲의 흙을 담고 꽃이 예쁜 식물을 사다 심었습니다. 그런데 신기하게도 내가 심지 않은 냉이, 질경이, 달맞이꽃, 미국가막사리, 별꽃 같은 들꽃이 나오더니, 급기야 찔레나무와 인동덩굴 같은 나무까지 나오는 겁니다. 그 꽃이 한꺼번에 피는 게 아닙니다. 꽃다지나 냉이처럼 작은 식물이 먼저 나오고, 가막사리나 돼지풀, 달맞이꽃 같은 키가 큰 식물은 늦게 꽃을 피웠습니다. 농사나 시골 생활 경험이 없는 나는 참 신기했습니다. 저 안에 또 어떤 씨앗이 있을까? 다음에는 누가 나올까? 기다리며 혼자 웃었습니다.

그다음부터 흙을 볼 때 참 좋습니다. 흙이 품고 있을 무수한 씨앗과 기다림, 꿈을 떠올릴 수 있었기 때문입니다. 숲의 흙을 생각하면 참 편안하기도 합니다. 꽃이 한창일 때 숲은 향기로 가득합니다. 그때 우리는 "아, 이게 무슨 냄새지?" 하면서 향기의 주인을 찾습니다. 하늘에서 내린 비가 숲 바닥을 적신 뒤에 땅 위로 올라오는 숲의 냄새도 꽃향기 못지않게 좋습니다. 꽃향기가 마음을 흔드는 향기라면, 흙냄새는 마음을 편안히 가라앉힙니다. 생명이라면 피해 갈 수 없는 모든 죽음의 냄새라서, 그 죽음이 다시 생명을 품으니 곧 삶의 냄새라서, 죽음은 슬픔이 아니라는 원초적 위로가 주는 편안함이 아닐까 생각합니다.

숲의 흙에 물을 섞어 모양을 만드는 흙 놀이는 숲 토양 속의 유용 미생물 마이코박테륨 박케mycobacterium vaccae와 접촉에 따른 면역력 증가 효과가 있습니다. 창의성 자극 효과도 보입니다. 예부터 그릇을 만드는 재료는 대부분 흙입니다. 흙은 손으로 치대고 불로 달궈서 그릇이라는 단단함과 쓸모, 미美의 물상으로 다시 태어납니다. 흙을 만지면서 그릇과 인간의 삶을 비교하고, 삶에서 고난의 의미를 새롭게 바라보는 것이 마음의 위로와 치유를 가져오는 건 당연합니다.

난은 대부분 씨앗에 배만 있습니다. 배유가 없으니 스스로 싹을 틔우지 못합니다. 그래도 난이 싹을 틔우는 것은 숲의 흙에 있는 근균 때문입니다. 토양 속 근균을 배유 삼는 것입니다. 난이라는 식물이 꽃을 피우고 향기를 내기 위해 흙 속 누군가의 도움이 필요하듯, 대다수 식물은 흙 속 미생물과 공생 관계입니다. 사람이나 동물도 이와 같아, 보이지 않는 그들이 모두의 존재 이유로 얽혀 있습니다. 죽음이 생명을 허락하고, 삶은 죽음에서 시작됩니다. 기적은 멀리 있지 않습니다. 죽음이 있는 흙 속에 뿌리를 내린 나무줄기에서 아름다운 꽃이 피어나고 향기가 만들어지는 것이 기적이고, 지금 내가 그들을 바라보는 것이 기적입니다.

향香과 후각

전통적으로 향은 만트라, 얀트라와 함께 수련을 위한 바라봄의 도구로 사용됐습니다. 깊은 숲의 흙냄새와 도시의 흙냄새는 다릅니다. 숲의 흙에는 유기물이 균과 만나 만드는 냄새가 섞여 있기 때문입니다. 식물의 성장을 돕고 인체에도 유용한 미생물의 냄새입니다. 숲에 들자마자 "아, 좋다!" 하면서 가슴을 펴고 심호흡을 하는 것은 이 냄새가 건강과 생명에 도움을 준다는 걸 우리 DNA가 알기 때문이 아닌가 싶습니다. 숲의 주인은 그곳에 사는 식물과 동물입니다. 숲은 그곳에 살거나 살다 간 식물과 동물의 냄새로 채워져 있습니다. 흙에는 그들의 삶과 죽음의 냄새가 있습니다.

귀를 막거나 눈을 감아 소리와 물상을 차단할 수 있지만, 코를 막아 냄새라는 감각 물질을 차단할 순 없습니다. 코가 냄새와 동시에 호흡이라는 생명 기능을 담당하기 때문입니다. 코는 혀와 함께 생명과 밀접한 관계가 있는 원초적이고 직접적인 감각으로, 세계를 처음 인지한 기관이기도 합니다. 후각은 다른 감각에 비해 정확한 언어로 표현하거나 가시화하기 어려우며, 곧 사라지기 때문에 '숨은 감각'이라고도 합니다.

아로마테라피aromatherapy(향기 요법)는 주로 식물에서 추출한 에센셜 오일을 이용해 질병을 예방·치료하고 건강 증진을 도모하는 자연 치유 요법입니다. 식물에서 추출한 방향성 오일은 식물의 기 에너지의 총합이기에, 방향성 물질을 깊이 들이쉴 때 차크라가 자각되고 오라가 강해집니다. 아로마테라피가 정화와 수련의 출발점으로서 의미가 있는 이유입니다. 아로마테라피는 보완 대체 의학, 피부 미용, 마사지, 방향芳香, 업무 능률 향상 등에 활용합니다. 우리나라에서 가장 선호하는 아로마테라피는 마사지, 선호하는 향은 라벤더로 보고되고 있습니다.

후각은 어떤 감각보다 기억과 인상을 불러내는 힘이 강하다는 점에서 마음으로 깊이 들어가게 합니다. 냄새가 실체를 대신할 수 있다거나 모든 냄새에는 그리움이 있다는 말 또한 이와 같은 의미로 설명됩니다. 후각을 통한 치유의 가치를 알 수 있는 대목입니다.

냄새는 눈에 보이지 않으나 입자의 형태로 찾아와 실체보다 먼저 자신의 존재를 알립니다. 인체는 코를 통해 들어온 냄새 분자를 흡입함과 거의 동시에 그 냄새에 반응합니다. 이는 냄새 분자가 대뇌변연계를 직접 자극하기 때문입니다. 냄새가 인체에 유입되면 시상하부와 뇌하수체호르몬의 경로를 따라 자율신경계의 교감신경을 진정하고 부교감신경을 항진시키면서 신체의 안정과 면역 체계를 활성화한다는 게 향기의 치유 기전입니다. 이렇게 인체에 흡수된 냄새 분자는 세포외액, 혈액, 림프액 등 체액을 타고 전신을 돌면서 비정상적인 세포의 기능을 정상화한 뒤 체외로 배출됩니다.

테르펜 같은 숲의 방향 물질도 이와 같은 과정을 거쳐 치유 호르몬을 분비하고 치유합니다. 양파와 마늘 같은 백합과 식물의 향이나 송진 향 등이 피톤치드 성분이며, 피톤치드 성분은 대부분 인간에게 유익하게 작용합니다. 피톤치드는 심호흡을 통한 몸의 치유에도 영향을 주므로, 숲에서 하는 체조나 복식호흡 등이 치유에 도움이 됩니다.

우리는 숲에 들어서거나 상쾌한 냄새를 맡을 때 저절로 건강과 활력, 조화를 연상하면서 숨을 깊이 들이쉬고, 불쾌한 냄새를 만나면 잘못된 것이나 건강에 좋지 않은 것, 이롭지 않은 것을 연상하면서 본능적으로 숨을 멈춥니다. 이는 후각이 뇌와 직접 연결돼서 곧바로 무의식에 저장된 정보에 이르기 때문입니다. 그러나 자연에서 유래한 향은 불쾌한 느낌이라도 혈압의 변화 같은 스트레스 반응이 나타나지 않는다고 합니다. 이 또한 무의식에 저장된 정보에 따르는 것으로 설명됩니다.

우리는 모두 꽃,
그저 다른 꽃

펴낸날 | 초판 1쇄 2022년 8월 19일

지은이 | 최정순
만들어 펴낸이 | 정우진 강진영 김지영
꾸민이 | 홍시 happyfish70@hanmail.net
펴낸곳 | 서울 마포구 토정로 222 한국출판콘텐츠센터 420호 도서출판 황소걸음
편집부 | 02-3272-8863
영업부 | 02-3272-8865
팩스 | 02-717-7725
이메일 | bullsbook@hanmail.net
등록 | 제22-243호(2000년 9월 18일)

ISBN | 979-11-86821-75-6 03810
ⓒ 최정순 2022